佬文青：風流不被雨打去

李偉民

序

不斷寫。

數十年的筆耕，恐怕種下超過一百萬字，產生的文章標題超過一千條。

本來，標題只是文章的記號，但在今天「網上文章」的年代，標題變成衣服，內容只是身體，先敬羅衣後敬人。老編說：「標題要『吸睛』！」聽說有些網報，重金禮聘專門人才設計標題，問他們為甚麼，答道：「許多讀者只看標題，標題才是文章，內容是標題的附庸！」

古人的姓名字號，分開小名、大名、字、自號、諡號。當今，文章的標題也要復古，同一篇文章，放不同的網站，要有不同標題，進攻不同口味的讀者群：甲要激情、乙要抵死、丙要文雅，大家只好罔顧內容，標題大鑼大鼓，雷聲比雨點重要，為的是文章名列前茅。

聽說美國極簡主義藝術家 Donald Judd（賈德），很喜歡把作品叫做「無題」，用意是不為觀者的詮釋和感受定出框限。

每次我的新書出版，也有衝動叫它為「無題」或「書

一本」，因為設計書名，非常傷腦筋，市場、格調、私好……一大堆貪婪雜念計上心頭，最後，還不是茫茫然沒有主旋律。

大家也許不知道：在九十年代，演藝風流劉德華曾經出版散文集，其中一本叫《我是這樣長大的》，他說「青春真好，可以驕傲，可以義無反顧地勇往直前，做自己喜歡的事，不用擔心回頭已是百年身……我們都是天生的戰士，披戰衣，上沙場，受傷了，自己躲到一角舔傷口，休息一會再上沙場，漸漸地，受傷不再是一個傷口，而是一種習慣。」

靠文化藝術吃一碗飯的同道，吃半碗飯的我，常常懊惱空間有限，想往前發展，步履維艱；不過，很多這個圈子的老朋友，數十年來，雖然沒有春光明媚，但是日子又總會過去，起碼，活現眼前。

在此，向藝文界的老將新兵舉手致敬：風流不被雨打去！

李偉民
二〇二〇

目錄

我們

文化

影話

第一章

藝訪

季玉年對畫家夢的剖判

　　季玉年是香港畫廊協會的聯席主席，也是優級畫廊「季豐軒」的老闆，更是我一位欽佩律師的太太，律師是我香港大學法律系的師兄，所以，我叫季玉年做「師嫂」。Catherine（季的英文名字）是視覺藝術界的「大家姐」，大家尊敬她，除了因為她資深，早在 1991 年，已經在跑馬地黃泥涌道經營畫廊。更因為她的外形刮目，穿了高跟鞋，有 180cm 高，像超級模特兒，加上寬容的微笑、文雅的儀態，有句話叫「高貴大方」，用在季玉年的身上，適合不過。

　　我有些畫家朋友，他們掛在嘴邊的甜夢，便是「如何令畫作可以賣一百萬？」，他們未必為了錢，而是價錢屬於一個指標，代表畫家的成就。我劈頭第一句，便問師嫂：「畫家如何把作品以一百萬賣出？」Catherine 的反應是抱肚痛笑：「做成功的畫家真的不容易，價錢低的有低的煩惱，因為朝不保夕，如何捱下去？高的有高的煩惱，因為『高處隨時可跌回』，我們行內有一個笑話，說『價升又驚、價不升更煩』，所以，有一群薄有水準的畫家，怕了身價高低的壓力，於是專畫一些迎合市場、顏色討好、流行題材的東西，普通買家，樂意花五十萬元以下，買一個略有

所聞畫家的作品，作為 lifestyle；故此，許多不想進取的畫家，甘心停留在這位置，總之有自己的工作室和穩定收入，便安樂人生，拒絕挑戰。」

生命可愛的地方，是各取所需。有些人工作，是為了吃飯；有些人吃飯，只是為了工作；而我和 Catherine 性格一樣，既享受吃飯、又享受工作。

「師嫂，一百萬不是一個容易的賣價，如何達到呢？」Catherine 搖頭：「全球一體化，市場大了，有資產的人更有錢，可是『高級打工仔』的中產階層，因為缺乏規模增益，收入反而日漸滑落。故此，買貴畫的人，以富裕人家居多，成功商人或成就極高的管理層人士，他們會聽取專業意見，畫作或畫家不是上佳，很難入他們眼；而且，所謂『一百萬』，要分兩種市場：『一手市場』和『二手市場』（secondary sale）。舉例，一個畫家的作品『一手市場』已到一百萬元，但在『二手市場』中，只到幾十萬或常常拍賣流標，那麼這一手市場的一百萬價位就難以維持。」

季玉年的回應，使我想起多年前，有一個唸聲樂系的少女，入了娛樂圈，我問她為甚麼，她說：「娛樂圈是捷徑，藝術圈是山路。」

Catherine 繼續說：「畫家地位要受到承認，絕不容易，面對兩關，過了『A 關』，也要同時跳過更難的『B 關』；普通買家是A 關，他們可能是消費者、有心人，亦可能是專業收藏家，這幫買家因應自己需要去消費，根據自己的喜好去判斷；但是，『B 關』便是一批資深及具批判力的畫廊、博物館和藝評家，他們具有專業水平，並非俗眼，而是慧眼，他們會長期觀察藝術家，看他的

創意是否有水準和持續創新。當然，亦要看作品的創作手法是否有獨特處和難於抄襲。建立穩定市場價和長期維持市場需求是最難的。」

怪不得我認識一些藝海爬游的畫家，就算一天到晚爭取曝光，去各處擺展覽，卻落魄而回。在藝術界，名不等於利，要名氣和實力並存，才可以有回報。

Catherine 解釋：「建立個人『面貌』和『風格』是必須的，藝術家需要專業畫廊去做長期推廣工作，多些參加有水準的群展、博覽會，但是成功是因為這些藝術家除了天份以外，更擁有對藝術的瘋狂熱愛和『精益求精』的決心。如果一個畫家的物質慾很強，稍為賺到錢，便忙於穿好、吃好，便很快走入了另一圈子，天天有些人圍着他們，一起『附庸風雅』，表面好風光，但他們不知道這些買家只是利用他去做消遣，一旦看不到你的『本事』，也很快『見異思遷』，台上閃亮是因為十年苦功。所以，我看到真正成功的畫家，都擁有熱愛和決心：在創作時得到無窮樂趣，故一念接一念，如每幅作品都是畫家本人隨心所作，畫作定有一股吸引人的精神面貌，持續堅持、破釜沉舟地不斷改進，就算別人叫他重複製作賣錢的東西，他都沒有興趣。無研究的買家看到市場叫好一個畫家的名字，便一窩蜂去搶，殊不知該作品是畫家在嘗試創新時的失敗之作，並不值那個價錢。所以，買畫需要一個專業畫廊代理，不是用耳朵去聽，買了名師不好的作品，未必一定有『二手』市場。」我認同 Catherine 的觀點：「熱情，是『愛到發燒』；決心，是『不到黃河心不死』。兩者背後，都關乎共通的勇氣，不怕三個失敗：換了風格或題材，萬一不理想，要接

受不順耳的批評；而且更牽連自己的市價，收入受影響；在精益求精中，更要疲累地付出。香港人今天的低潮，不是能力的問題，是我們態度的問題，安逸久了，得過且過，只想環境改變，而不是自己改變去創造環境。」

Catherine 生於中上家庭，是上海人。小時候，季玉年已經有繪畫的天份，常常參加比賽，都拿到獎項；可是爸爸是生意人，在德國和日本唸書，經常在家裏設宴應酬，教導子女的，也是營商之道，父母希望 Catherine 唸一些實用的商科，然後嫁一個「門當戶對」的好人家。Catherine 為滿足父母，去了 UCLA 大學唸經濟和會計，本來想在美國定居，靠商職為生，但後來媽媽生病，在上世紀八十年代，她飛回香港，照顧兩老，同時，也進入美國大通銀行，做一個乖乖的 banker。季玉年的能幹，讓她步步高陞，也賺了點花紅，本來人生可以「穩步上揚」，但是，在 1990 年，她心裏起了掙扎，「到底我的人生意義在哪裏，工作是否為積累更多金錢」？在 1991 年，她咬緊牙根，向銀行遞辭職信，花了畢生的積蓄，「膽粗粗」地開了一家小小的畫廊，這畫廊從此便改變了季玉年的命運。

季玉年的畫廊並非一帆風順，1991 年的藝術市場很微小，經營了幾年，仍然虧蝕，Catherine 沒有放棄，不斷思考，如何扭轉局勢。今天，雖然畫廊年年有盈利，但是 Catherine 說：「長期和藝術打交道也令我變了半個藝術家吧，從來，我知道『錢』的重要，但只要能應付日常生活就很滿足，有餘錢，便多花一點點，認為彈藥不多，便少買些東西。除了工作，我的『消費』都是精神方面，有空便和老公去書店，打打書釘，或看部電影，談天說地。錢，

會讓人性變得複雜，所以，我做藝術生意，最緊張是誠實地對待事或人。」這方面，季玉年和我非常接近，我和她，都參加政府藝術委員會的工作，互相欣賞的，是大家開會時，不會為了討好別人而講假話，説出來的，都是我們對香港藝術發展的心底話，就算影響自己的利益，也覺得言語「偽術」，是一種自己都不會原諒的罪過。

Catherine 是個有趣的人，性格有點兒像古時的「俠女」，喜歡行俠仗義。她覺得過往我們實在提供太少機會給香港的年輕人，故此在最近，她透過自己畫廊舉辦的活動，邀請了社會不同的領袖人士例如唐英年及林建岳等等，利用這些場合，介紹年輕的音樂藝術家給他們認識，讓他們可以表演顯示才華：朱芸編（二胡演奏家，畢業於英國皇家音樂學院碩士）及張貝芝（爵士鋼琴及大提琴家，畢業於伯克利音樂學院碩士）在現場表演後，果然得到唐先生及林先生的欣賞，他們鼓勵兩位年輕音樂家繼續發展。後來聽到兩位年輕人説，這些「鼓勵」是現在香港年輕人最需要的東西。你看，Catherine 這位俠女，又做了一件好事。一位成功的創業者除了可以獨善其身之外，在她得到成就之後，要帶領香港的下一代，把香港的藝術發展推到更高的層次。

最後，我問 Catherine：「視覺藝術的專業畫廊，是如何評審一個畫家的作品？」Catherine 想想：「大概四方面吧，第一，Creativity（創意），作品有多少思考和想像力，如果只是裝飾性而已，看不到任何嶄新創意的，便是『一般貨』；第二是 Originality（獨創性），即作品看來不錯，但是缺乏『個人獨特面貌』，所謂好，也只是因循前人的路；第三，是 Execution

Quality（執行質素），有些人叫這一項做『工』，也就是功夫，畫家想到天花龍鳳，只有概念，但是製作的水準，粗糙平凡，難以被認為是收藏品；第四便是 Rarity（稀有性），有些畫家做出一件好東西，便自己大量複製，明明應該一年做十件的，卻為了市場，多做數十件。在亞洲區，新興市場會有比較多『急於賺盡』的畫家，歐洲畫家這方面的態度，自律很多。」

畫家的失敗，是缺乏深度和力度：不看書、不學習、不思考、不多看世界各地藝術家的作品，而且，許多不勤力、捱不了辛苦、經不起挫折。這些沒有動力的「繪畫工人」，只是玻璃造出來的玫瑰。

有句好尖銳的名言，是「你憑甚麼不努力，卻又憑甚麼想要？」。別人努力一生，可能也只是與草木同腐，你只花了一千元的成本，又憑甚麼想賣一百萬？生命的悲傷，往往是「自作孽」的苦果。

掌門人丁羽和配音歷史

我患有「懶癌末期」，最為明白。

做慣電台的，最怕亮相電視，化妝、吹髮、挑衣服，還要樣子曝光，失去自由。

做配音的，恐怕心同此理。他們「聲音演技」，已淋漓盡致，不在幕前演出，只因「懶做官」，香港歷史上，配音員出身，卻在幕前大紅大紫的，只有一個盧國雄。

香港有個配音皇帝，他叫丁羽（原名周日滔），1934 年 9 月出生，今年八十多歲，1953 年進入電影圈，當演員，上世紀六十年代在邵氏影城當副導演，1966 年，轉往香港電視廣播有限公司（TVB），當他們第一個配音「領班」，1973 年成立「丁氏配音公司」，至今屹立不倒，丁羽的配音徒子徒孫，遍佈圈中。著名演員譚炳文、朱江、金雷、藍天、梅欣，都曾經是他手下。

我問：「丁羽叔，你在行頭快六十年，有沒有趣事可以分享？」丁羽想想：「在五、六十年代，許多外國電影在香港配音，有些配『國語』（普通話當時的叫法）、有些配廣東話，它們並非為了香港市場，有些是為了亞洲的華人地區，有些竟然為了美加唐人街戲院，他們播放的英語片，許多華人不懂英語，於是找香港配音，才在當地放映。」

「另一件趣事是那個年代，有些外國如韓日電影，是沒有送來劇本的，負責人只是告訴我們，每一段戲大概說甚麼，例如『男女主角去了酒店偷情』、『太太在酒裏下毒，謀殺親夫』等等，具體對白，任由我們發揮，當然開心都來不及，因為可以『鬼玩』一番。最怕是偵探劇本，因為每一句對白，都可能是破案線索，怎樣胡扯呢？」

「在八、九十年代，香港許多大牌演員：例如梅艷芳、鍾楚紅、曾志偉、梁朝偉、成龍的聲音，在電影裏的都不是他們『真聲』，但是配音員技巧好，觀眾聽不出來。例如成龍的配音演員是鄧榮銾、梁朝偉的叫朱子聰、曾志偉的叫馮永和、梅艷芳的叫龍寶鈿。」

我認同：「資深配音員林保全，他用聲音把一個卡通人物『叮噹』（或叫『多啦A夢』）活生生起來，我們心目中，叮噹便是擁有這把聲音，可惜2015年，他在家中暈倒逝世。」

丁羽回應：「我常常教誨徒弟兩句話『以誠待人，以信待己』。誠意待人，不虛偽，才可以換取別人的尊敬；對待自己，要有信念，才可以驅使進步，做人更上一層樓。香港人如果失去這兩種態度，非常不幸。」

我好奇：「丁羽叔，回顧香港配音的過去六十年，你有甚麼想法？」

丁羽：「科技帶動了藝術，藝術使到科技有意義。」

「五十年代，許多電影都要『現場收音』，可是，有些演員例如武打紅星于素秋，她來自北方，不懂廣東話，於是在拍攝現場，鏡頭對着于素秋，其實另一演員黎坤蓮躲在鏡頭後面大聲唸對白，于只是跟着黎的對白，嘴巴開合，再加上表情。哈，你可

以説黎是于的配音演員，也可以説于是黎的肢體演員。」

「此外，那年代的大戲（又叫粵劇）電影，如果眾多演員在現場做大戲，難度高，拍攝困難，於是大戲的歌唱部份是預先錄好的，然後在片場播放歌曲，演員的嘴型遷就歌曲來假唱，哈哈，名伶在某方面看來，也是配音演員。不過，粵劇的鑼聲和鼓聲，其實提醒演員如何走位和控制腳步節奏，故此，在拍攝現場，依然有樂師在打鑼打鼓。當我們看五十年代的粵語長片，常常發覺演員的嘴巴趕不上音樂，還有，鑼鼓聲和其他音樂總是不和諧，便是這個原因。」

我再問：「那第二個配音年代呢？」丁羽説：「那便是七、八、九十年代，當時配音技術一天比一天進步。早期，我們配音的剪輯，大概以每一分鐘為一段（約 35MM），少少出錯，便要整段重來。此外，當時沒有『耳機』，我們不能即時聽到自己的配音效果，配音員要好認真，熟記該分段的對白，然後看着屏幕，一氣呵成地配上聲音。後來，科技進步了，我們可以一句句地更改錯處。到了今天，從 analog（模擬）到 digital（數碼）年代，我們的聲音可以隨便調高調低，哪個錯位、哪處呼吸，不需一秒，便可以刪掉。」

我有點不解：「許多外國電影是『現場收音』，為甚麼港片多用配音處理？」

丁羽喝了一口茶：「有兩個原因。在香港電影的黃金年代，一年有二、三百部電影，但是，時間便是金錢，電影不作現場收音，可以減少許多『NG』（即『重拍』）的東西，例如嘈雜聲、意外等。重拍一段戲，要再打燈、走位，花費人力和時間，故此，電影用

後期配音，則兩天的戲，六、七小時便拍好。此外，那時候的紅星們，忙到不可開交，哪可抽出時間為電影配音？於是，我們的專業配音服務，就派上用場。」

我問丁羽叔：「你如何訓練配音員？」他不假思索：「粗略來說，我把人的聲質分兩類：『斯文聲』和『粗壯聲』，男女都可以這樣簡分，如果一個黑社會大佬，你配上一把溫文爾雅的聲音；一個純情玉女，你配上一把沙啞聲音，會極為搞笑。故此，我叫配音員要根據自己的聲質，專攻某類角色，為自己創造風格，不過，傳統上，男女主角都是『靚聲』的。故此，配音員聲音優雅的，在薪酬上，佔有優勢。」

我恭敬地：「丁羽叔，你對年青配音員有甚麼贈言？」丁羽：「現在的配音技術難度降低了，可是演員更加需要在『聲音演技』和『個人特色』上，下一番苦功。如果一個配音員滿口『懶音』，如何熬下去？而在工作態度上，應熱愛自己的工作，選好方向後，要咬緊牙根地實踐下去。」

這點，丁羽絕對是歷史示範：他來自中上家庭，父親是當年香港政府海關的第二把手，曾協助孫中山把物資運出。後來，他經營酒店，最高峰有四家，今天中環街市旁的租庇利街和德輔道中交界，便是當年他父親的「大觀酒店」的位置。丁羽住在太子道，和九兄弟姊妹一樣，不憂吃、不憂穿，他們都很乖，後來成為醫生、教師等專業人士，只有丁羽最頑皮，他是五十年代的「飛仔」：飛仔，是模仿西方偶像如皮禮士利的年輕人，喜歡用髮乳把頭髮固定像個麵包，叫做「騎樓頭」，穿彩色夏威夷襯衣，活潑貪玩，但不是壞人；而「爛仔」，便是和黑社會為伍的小嘍囉；低下層

想學做飛仔，卻沒有錢打扮、去舞廳跳 Cha Cha 的，只好倚在路邊的鐵欄，挑逗經過的女孩，他們叫「街邊飛」或「欄杆飛」。

丁羽就讀於何文田火車橋旁邊的南華中學，他不喜歡唸書，只愛玩，流連在九龍城侯王道的榮芳咖啡室，那裏經常有電影人等候出發開工，就是這樣，丁羽混熟了兩個恩人：導演胡鵬、編劇王風。五十年代，當丁羽中學畢業，只有 18 歲，還找不到工作，剛巧有部電影，要找小太監，原本找了林家聲，但是，林接了大戲檔期，於是，胡和王便對丁羽說：「Dee Dee（香港人對『小朋友』的稱謂），你夠膽量頂上嗎？」丁羽一鼓作氣答應了，結果，演出成功。由於丁羽外形細小、花俏粉面，電影常常找他扮演在外面闖禍，跟着要家人打救的壞孩子。

四、五十年代，許多人從內地湧向香港，北方來的，只會說國語。丁羽的中學同窗，很多是外省人，於是丁羽的國語是流利的，他參加了一個國語劇團，叫「香港影人戲劇團」，往東南亞演出，劇目如《清宮秘史》等。

丁羽懂國語，而且加上他有中學程度（上世紀五十年代，已視為「高級知識分子」），終於，他進入了「邵氏」這家專拍國語片的大型機構，除了幕前，還當幕後，最後，被提升為副導演。

丁羽說：「我一生熱愛電影，就算今年八十多歲，還是不離不棄，所以，年輕人選好了一個行業，便不要跳來跳去，要在行內找機會，不應急功近利。例如我的外形不足，沒辦法當小生，便找其他崗位，從低做起。你看，配音給我點中，爆了出來！」

我好奇：「丁羽叔，為何你從邵氏跳到 TVB 當配音領班？」
丁羽：「人要在理想和現實中平衡，我的妥協是這樣：我熱愛電

影，但是在六十年代，結了婚，有了家庭，為了養家，我不敢在邵氏乾等升為導演的機會。再説，導演是殘酷的行業，一兩部電影不賣座，老闆便換人，所以，當 TVB 邀請我去『打工』，收入穩定，位置不差，便答應了。但是，到了七十年代，我發覺外面配音的機會多的是，便立下決心，成立了至今四十多年的丁氏配音公司。」

我最後問：「你已是老前輩，有沒有電影圈中人是你敬佩的？」
丁羽：「有，而且比我年輕的，例如杜琪峯、劉偉強、爾冬陞、莊文強、古天樂，他們如果只留在內地拍片，收入隨時數倍，但是他們熱愛香港電影，故此，除了內地發展，還堅持為香港做點事情，我作為老人家的，都很感動！」

「香港」的意義，不只是地理上的獅子山和維多利亞海港，而是過去從四方八面湧入的華人、加上在本地出生的港人，共同合力，灌溉出來的一塊歷史和文化都肥沃的土地，大家除了愛護外，更加要感謝像配音皇帝丁羽叔這些人，數十年來對香港作出偉大貢獻！

鍾麗裳細訴香港歌星前塵

　　香港在上世紀八十年代，才建成伊利沙伯和紅磡體育館，那麼，在六、七十年代，歌星在哪裏開「演唱會」？當時，人們叫表演做「登台」，例如「重金禮聘鄧麗君小姐隆重登台」，登台有時候又叫「登場」，例如歌星東南亞走埠回來，叫「載譽登場」。

　　從上世紀六十年代唱到今天的歌星，已經沒有幾個，巨星徐小鳳偶爾在「紅館」開萬人演唱會、張德蘭（小時候叫「張圓圓」）只會慈善演出、呂珊（小時候叫「珊珊」）主要做電視，而青山、張帝、楊燕「久不久」來香港演唱，但他們只是從台灣來港的「過江龍」。香港的集體回憶，由於上一代的陸續離世，一天比一天減少，來，我們用文字留住昨天。我認識一位古董文物修補及鑑定專家，叫鍾麗裳。年過 50 歲的，大多認識她的「上一個」身份，她是一個流行歌星，以前的藝名叫「鍾叮噹」。粵劇名伶梁醒波，生前仍是電視紅星的時候，常常和鍾叮噹合唱一首男騙子遇上女騙子的名曲，叫《光棍姻緣》；「光棍」的意思，是騙子，那首歌是 1952 年的作品，最初扮女騙子的，叫鳳凰女，是一級紅星，退休後，她的演出，便由鍾叮噹接棒。鍾叮噹年輕時，以甜美、

風趣、可愛見稱，我們以往叫她「叮噹姐」，近三十多年，已改口，叫她「Lisa 姐」，即鍾麗裳的英文名，大家見面談的，也不再談當年歌壇盛衰，而是如何欣賞眼前的一塊白玉。Lisa 姐和丈夫「五哥」，都是古董界大師級的人物，就算那些國際拍賣行亦找他們幫忙，我遇到對文物不懂的，會上門向兩位求教，他們常常叫我留下來吃晚飯，我當然高興，因為席間，有機會碰到梁朝偉和劉嘉玲，他們的多年老友。

歷史，特別是不遠的過去，如一幅神傷的舊照，悠然浪漫。如果是別人的感動回憶，像一列自己趕不上的火車，因而有憾；如果是自己的美好回憶，像離開碼頭的一條船，彷彿看到水中自己的倒影，不想來個「斷捨離」。

Lisa 姐的童年是坎坷的：她 1953 年在元朗大旗嶺出生，爸爸是老師，戰後來香港，只能當一個泥工，媽媽想外出工作也不行，家裏有六個小朋友。Lisa 姐是老三，出世後，家裏窮得沒錢給她買衣裳，嬰孩時光脫脫在喊叫，爸爸痛心：「老天，可否給我女兒一件美麗的衣裳？」所以，Lisa 姐被取名為鍾麗裳，悲情的名字。

為了生計，一家搬到九龍的鑽石山，今天志蓮淨苑的位置，它是一個破舊木屋區，區內特別窮的，如鍾家，房子是鐵皮房。那時，天主教堂的「救濟車」，常開往貧民區如鑽石山，派送奶粉、糖果給小朋友，但是，會先要求他們唱幾句聖詩，大眾稱這些做「耶穌歌」。Lisa 姐有歌唱天份，於是琅琅上口，閒時，和其他小朋友如一排葫蘆，坐在家門前，唱着耶穌歌，Lisa 姐那時，只有兩歲，唱得最好是《馬槽歌》，她手舞足蹈，師奶大嬸經過，

很喜歡她，送些零食給 Lisa 姐，她每晚避過捱餓，有一大堆好吃的，和家人分享。

鍾爸爸懂得撥秦琴，它是廣東和潮州音樂的撥弦樂器，有三條弦，質地是蠶絲，他的秦琴，音箱是梅花形，蛇皮造的。在生活逼人之際，他突然和老婆說：「做泥工，也養不起一家，不如我和小麗裳去街上賣甘草欖，我撥琴，她唱歌！」鍾爸爸坐言起行，買了一大堆欖，用油皮紙包起來，兩粒一包，每包賣五仙，然後跑去街頭，一邊唱，一邊叫賣，成績很好，賺來數以倍計的碎錢，Lisa 姐還懂得打小鼓，就這樣，兩父女做起「生意」來。Lisa 姐可憐地從兩歲唱到六歲，生活改善了，一家人可以搬到橫頭磡的徙置區。以上便是在香港五、六十年代，窮人生活的寫照。

到了七歲，Lisa 姐要上小學了，唱歌生涯如何是好？爸爸想出另一辦法：「油麻地廟街有『榕樹頭』夜市，我們晚上去那裏擺地攤唱歌，總不會餓死的。」他們在這些叫「平民夜總會」的地方演唱，賣更多的零食，例如香口膠、鳥結糖、陳皮梅，十仙一包；當觀眾看膩了他們，便坐船過海，去香港島的「大笪地」（即今天上環港澳碼頭的位置）賣唱。當時，內地人湧來香港謀生，大江南北都有，Lisa 姐為了討好觀眾，甚麼都唱，粵曲小調如《禪院鐘聲》、粵語流行曲如《快樂伴侶》、國語流行曲如《青山道上》等。

在六十年代的香港，人窮志不短，「活下去」太重要了，晚上睡覺，死不去，又解決一天。

在夜市唱歌，只視為下等「歌女」，Lisa 姐到了 13 歲，小學畢業，要想辦法去「轉型」，爸爸想想：「麗裳，因為靠你唱歌

養活一家人，你不要唸中學了，我把你改造成為一個全職『歌星』吧！」

做歌星的捷徑，就是參加歌唱比賽，Lisa 姐也不例外；在比賽後，得了第三名，正式定位為「歌星」，她說：「當時，美孚新邨旁邊是個海灣，海灣後面有個大型遊樂場，叫做『荔園』，裏面有一個歌廳，名『女子歌壇』，可以坐 200 人，沒錢的人，躲在門口偷看。他們請我去唱，每節要唱 40 分鐘，好像開『迷你』演唱會，最初，每晚只有四元人工，最後加至每晚三十元，生活好苦。在 1966 和 1967 年，便是我的悲慘歌星生涯的開始。」

Lisa 感慨：「那些年，香港正值暴動，政治不穩定，能夠有一份工，已經感恩。不過，每晚登台的出入交通，都要安排『白牌車』（即今天的 Uber），除去車費和吃飯，所餘無幾，一百多元，哪夠八口子生活？但為了轉型歌星，爸媽只好花掉積蓄，維持生計，但是爸爸堅決地說：『女兒，為了讓你從「歌女」變成「歌星」，我們全家努力，咬緊牙根吧！』幸好，大概 1968 年，無綫電視（即 TVB）請了我當電視藝員，做綜合娛樂節目，既唱歌，又要逗人歡笑，雖然工資不高，但是 TVB 給了我名氣，開始外面有人找我登台，在電視台下班後，爸媽陪我『跑場』唱歌，一晚跑多少轉，我都願意，因為要養活全家，別人以為歌星風光，其實我們省吃省穿，有時候，飯都沒有吃一口，便全港跑場賣唱。」

我問：「你在哪裏唱？」Lisa 姐：「在六十年代，仍沒有唱酒吧或酒廊（cocktail lounge）這回事，登台的地方，主要是『夜總會』和『歌廳』。夜總會是客人喝酒、跳舞的地方，歌唱節目，只是助興，就算多累，也要搞氣氛；去歌廳的人，則是專心聽歌

的另一批，比較尊重，所以，我們選擇歌曲，也要適應不同場合。在旺角，我唱過國際夜總會；在尖沙咀，唱過金冠夜總會；在北角，唱過新都城夜總會；在銅鑼灣，唱過珠城夜總會。歌廳方面，旺角彌敦道的新興大廈地牢，有『東方歌藝團』，晚上，香港和台灣的紅歌星主持綜合演唱會，有錢人從香港島，也會跑來這裏聽『當紅炸子雞』姚蘇蓉、鄧麗君唱歌，一晚兩場，每張票，有十多元的、三十元的，由於歌星眾多，我只唱三、四首歌，叫做『壹part』，就可以離開，跑下一場地點。在香港島，最著名的歌廳是灣仔皇后大道東的『香港大舞台』，即今天合和中心的位置。」

我問：「Lisa 姐，在七十年代，你當歌星賺到錢嗎？」Lisa姐：「捱過『荔園』那洗底的兩三年，日子總算一日比一日好。作為歌星，我大概是『二線』吧，是紅星的綠葉，從來未大紅過，不過，普通人賺數百元一個月的薪水，我卻可以賺到四至五千元。為了生計，要非常拚命工作，那些白天的『日場』表演，我也願意接，一天跑好幾場，面不改容。晚上，剛唱完旺角，便要坐『白牌車』趕往尖沙咀天星碼頭，碼頭關了，有非法電船叫『嘩啦嘩啦』，載我們過海。到了灣仔，又趕坐『白牌車』去銅鑼灣演出，因為那時海底隧道還沒有建好。在六、七十年代，誰不是這樣過活，我身邊的洪金寶、成龍、元秋、元彪，他們是負責武術雜耍的小朋友，在台上打到身水身汗，還有瘀傷，比我還辛苦啦，我一年 365 天，24 小時在開工，又算得甚麼。」

我很同情：「Lisa 姐，你不覺得可悲嗎？」她微笑搖頭：「生活，其實是一種習慣，我從少到大，都習慣吃苦、習慣天天工作；『玩』，對於我，是毫無意義的，消遣，絕對浪費金錢，所以，

到了今天，磨煉到我只是喜歡工作。別人可能覺得我生活失敗，我卻不認同，辛勤、節儉、安份、容忍，這些都是幾十年來的美德，我反而覺得那些一天到晚都要『玩』的人，太不長進。」

我問：「其他歌星也是一樣嗎？」Lisa 姐說：「那些年，歌星沒有地位，更不會有任何『天后』，大家唱歌，多是為了養家，日唱夜唱的女孩子，許多和我一樣乖，不煙、不酒、不賭錢、不搞男女關係，一有空，便躲在家，為登台的衣服『釘珠片』，讓舞衣在燈光下，閃耀奪目，外面買歌衫，太貴了。」

我再問：「後來歌壇怎樣轉化為大型演唱會？」Lisa 姐回首往事：「歌壇在七、八十年代，漸漸有大型投資者和『企業化』的運作，例如尖沙咀今天 K11 MUSEA 的位置，有一家『演唱夜總會』，叫海城。另外，有人開始搞一些像樣的演唱會。最初，他們在銅鑼灣的『利舞台』舉辦小型演唱會，鄧麗君、羅文、汪明荃都在那裏唱過。到了八十年代，當有了灣仔的伊利沙伯體育館、紅磡的體育館這些超級場地，大家轉移陣地去看演唱會了，於是，在夜總會和歌廳聽歌，已經變成一種日漸式微的活動。」

我惋惜：「Lisa 姐，所以你也退出歌壇？」Lisa 姐沉醉在緬懷中：「在 1980 年 12 月，當我 27 歲的時候，結了婚，對娛樂圈沒有太多留戀，它只是我『搵食』的地方，再者，我丈夫是收藏文物的世家，他答應傳授知識和技術給我，包括古董的鑑定和修補，我心感興奮，因為可以開始我的第二段人生，當然頭也不回，離開了熟悉的歌壇，一個曾經養活我和家人的環境。往後，許多人叫我復出唱歌，我一口拒絕，我所珍惜的，只是當年的朋友，特別是現在身在加拿大的退休歌星劉鳳屏。」

我好奇：「放棄歌唱，不覺得可惜嗎？」Lisa 姐輕描淡寫，好像細訴別人的故事：「哪會，如果人生是一間房，則總會有一隻窗是打開的，天氣好的時候，清風會從窗吹入房內，可是雷暴的時候，雨水亦會浸濕房間。生命的起起跌跌，都是見慣也平常。得意時不喜，失意時不憂，是每一個藝人，也是每一個人，活得『心安理得』的方法。」

　　年輕人，你喜歡牛仔褲嗎？我和鍾麗裳喜歡牛仔褲，理由是因為它的顏色褪掉，而且還有一個個的破洞。過去的人生，樂觀看來，是一條美麗的牛仔褲嗎？

閻惠昌分析「港產中樂」
如何維持世界地位

　　數十年前的元朗，只是鄉村小鎮，到處清清靜靜，大馬路的後面盡是農田，一大群的黃牛在吃草。本地人擠進同樂戲院（今天的開心廣場）和光華戲院（今天的光華廣場）看電影。「出面人」（指港九居民）到元朗，必蜂擁去兩大餅店「恆香」和「榮華」買「新界餅」。經歷四、五十年了，恆香和榮華兩大傳統餅店依然屹立不倒，為甚麼？恆香堅持老法承傳；榮華傾向改良創新，兩者皆通。

　　如果以市場大小作為指標（當然，做生意，人各有志，毋須一定要「做大個餅」），守着傳統，許多時候只是小眾市場；抱緊時代，則可能變大企業。不過，當大家跑去買現成西裝，中環還有老裁縫店；當大家跑去連鎖健身室時，油麻地還有「舉鐵館」；當大家在中秋節買電池燈籠，筲箕灣仍然有人賣紙紮楊桃花燈。舊的接受新的滋長，新的尊重舊的留存。這樣，新和舊的雙劍合璧，便會產生嶄新年代。

　　中樂，或稱國樂、華樂和民樂，哪能離開上述真諦？找了一個下午，和中樂大師、香港中樂團藝術總監閻惠昌茶敍，談談香港中樂的未來挑戰。

年輕人認識閻老師除了香港中樂團給青少年的創新品牌節目，也或許因為他當流行歌手的女兒閻奕格，她參加台灣《星光大道》歌唱比賽，用了新穎風格唱出《讓一切隨風》，一曲成名。有其女必有其父：閻老師是少數學貫中西樂的大師，1954 年生於陝西省，年輕時樣子有電影明星風範，妻子為古箏演奏家熊岳。1983 年畢業於上海音樂學院作曲指揮系，曾任北京中央民族樂團首席指揮，後來去了新加坡當古典音樂的製作總監，再往台灣出任樂團指揮。在回歸那年，即 1997 年，獲聘為香港中樂團音樂總監（老師早於 1987 年已當客席指揮），於是來了香港。從此在這裏定居，成為香港人，他改變了香港中樂的生命，香港也改變了他的人生。

閻老師説：「別看輕香港這小地方，她有自己的文化和精神力量，我來到香港後，不知不覺間受到影響，例如辦事專業、開放包容，它影響了我對中樂這條路的許多看法。」我問：「那中樂有哪些路？」閻老師：「任何源遠流長的藝術，要看待起來，有兩條道路：『承傳』和『革新』。有些人只看到一條路，這會收窄視野。」好奇追問：「你對香港中樂的發展，以至世界頂尖的香港中樂團，有甚麼理想？」閻老師不等半秒：「香港人和中樂團要齊心致力，追求三大目標：首先追求至高境界的中樂藝術；第二，讓『港產中樂』不能過氣，要緊貼時代脈搏；第三，要不斷努力，專業地保持香港中樂團，成為香港人引以為榮的世界級樂團。」

我好奇：「老師，您的目標比經營一個中樂團為大呀？」閻老師：「時代的機會，香港每一分子都要抓着，今天和數十年前不一樣，不能『食古不化』，大家張目看看，我們面對是一個每天都在極速變化、輪替、改革的年代，如要進步，怎可以停止挑

戰自我。我相信一句話，叫『立足香港，面向世界』，所以我和中樂團的同事希望我們不單只是一個純演出團體，但願觀眾和市民能夠支持我們。除了單純演出，還可以轉型涵蓋到『培訓人才』、『中樂教育』、『承傳藝技』及『樂器改革』等更具影響力的四大使命，我想：為了服務香港，發揚香港中樂，中樂團要提升為一個『文化機構』。」

　　我說：「老師，太好了，這當然是香港人的夢想，但是如何達到呢？」閻老師：「最基本是香港人態度要變，有些人看不起中樂，說甚麼『中樂不嚴謹』、『樂器會走音』等等，完全是誤會，大家要多聽中樂，多看音樂會，便會逐漸明白，我們的中樂在『吹』（即吹管樂器，樂器包括笛子，嗩吶、管、笙等）、『彈』（即彈撥樂器，樂器包括琵琶、箏、阮、揚琴、三弦箜篌等）、『拉』（即拉弦樂器，樂器包括二胡、高胡、中胡、革胡、低音革胡、板胡及京胡等）、『打』（即打擊樂器，樂器包括鼓、鑼、鈸、編鐘等）四大方面，皆極有優秀成就。至於所謂甚麼中樂『尖刺』、『雜亂』等等批評，只不過是有些樂團在演奏時未達水準，故此，這不是音樂本質的問題，是人為的問題。有些人又說中國樂器的音域未夠廣，同樣，這是因為不理解中樂。有些中樂如三絃追求的是意境，不是結構和難度，故此，樂器自然就是這個樣子，這好比拿蘋果和橙去比較，絕對是習慣和品味的主觀。」

　　我懷疑：「老師，有人把中樂『管弦團體』化，說是近代仿效西方？」閻老師：「這也是錯，傳統中樂分民間、宮廷、文人、宗教及戲曲曲藝等五大類，民間為了表演方便，自然是『一件、半件』的樂器，如江南絲竹（即長江以南的器樂作品，『絲』指

弦樂器，如二胡、琵琶；『竹』指竹造的樂器，如簫、笛子，所用樂器不多）。但是在皇帝的宮廷內，往往是數十人演奏，宋代曾有記載多達一百九十多人一起奏樂。有些人說是新中國後，才來『中樂管弦化』，這也是錯的，因為早於上世紀二十年代，在上海已經成立『大同樂社』，中樂師已經集體演出。」

我說：「老師，香港人對中國音樂的貢獻是甚麼？」閻老師：「四個字：沒有『思想包袱』。」我笑了出來，他解釋：「香港真的是中西貫通的好城市，當我初來香港，發覺香港人開放、包容、敢試，傳統和新派共冶一爐，這方面，也改變了我！藝術常常分兩派：『博物館派』和『實驗室派』，兩派都有理想，都是做好事，不應互相攻擊。在中樂方面，例如『博物館派』會尋找古代樂譜、研究古代樂器，甚至演奏時穿的古服，他們的努力叫人動容；而另一方面，『實驗室派』加入西洋樂器，寫出新的樂章、又改良中國樂器，讓它的樂器性能和表現力更進一步。所有音樂，特別是文人音樂（這類音樂不是奏給別人聽的，是士大夫自己利用音樂，修心養性，例如古琴，一面奏、一面焚香、一面聽雨，那是多麼脫俗），都提供無限的空間，豐富中國藝術的發展，故此誰說中樂不豐富，底子不夠深，那是錯誤的見解。」

我喝了一口茶，再追問：「那麼香港中樂團對中樂發展又有甚麼貢獻？」閻老師：「先不要說音樂本身，因為這有主觀評價，我想指出香港中樂團的『專業精神』這件事。無可否認，西方在樂團的管理上比較成熟，而香港學習西方，在樂團管理上非常專業，有些外面的中樂團甚麼都是一個團長話事，沒有人來分工和互補。香港的樂團領導，分開音樂總監和行政總監，我們還有一

個理事會來監督呢。例如我們要以觀眾利益為先，每一年設定為一個『樂季』，預先安排好不同主題的節目，甚至連每個演出的曲目也編排好，不會因為個人看法而隨便更改。又例如我們每年必定邀請一些外面的客席指揮和演奏家來交流，而中樂團的指揮也走出香港，做別的地方客席，與外界交流。每年計劃委約多少原創作品和改編作品、多少純中樂和跨媒體（例如 crossover 舞蹈、戲曲、流行音樂），都要老早討論和安排，這些傷腦筋的東西，如果沒有一群專業的行政人員齊心地協助，根本沒有可能發生。所以香港人有很多優點，不宜妄自菲薄，當我們失去信心，很多事情便失去求變的動力！」

離開前，我和閻老師説：「周光蓁為你著傳，叫做《一位指揮家的誕生》，我看過了，其中最特別的一節，提及你和現今為習近平主席的夫人彭麗媛在 1985 年的合作。」閻老師接道：「作為一個歌唱家，她是非常優秀的，我一直希望在香港觀眾面前能夠再和她合作，當然，這機會已接近零。在第二故鄉的香港，我希望帶領香港中樂團以『植根傳統、鋭意創新、不拘一格、自成一體』的藝術特色，發揮專業精神，追求音樂至高境界，以『香港文化大使』的身份，用一流指揮、一流樂師、一流樂器、一流音樂的高標準，打進大灣區、國內城市和海外，協助香港發展更大的藝術市場！」

我説笑：「嘩，四個一流，太吃力吧！」閻老師説：「向世界推廣中樂藝術，長路漫漫，沒有四個一流，在全球藝術行業競爭劇烈下，香港中樂哪能壯大？我會繼續努力，為港爭光，堅守領導地位！」

何超儀的人生關口

在香港，男女非常平等。上館子，很多女士爭「埋單」；去訪友，煮菜的是老公，女人不再是「女流之輩」，可以豪邁；男人不再是「大丈夫」，可以溫柔。

社會好像多了一些男人，卻又少了一些女人；好像多了一些女人，卻又少了一些男人。原來男女平等的要訣便是把「平等」視為「平常」，對性別的議題，毋庸大驚小怪，看到鴛鴦，管哪些行為是雌？哪些行為是雄？

爭取男女平等，是香港過去一個世紀的努力。以往，男人可以討數個老婆，女人不可以嫁數個老公；有些小女孩甚至像貨物一樣，合法地被賣去妓院；有些工作，例如消防員，不能聘用女性；很多行業，男女同工卻不同酬。今天，這些已成為天方夜譚。我小時候，女性還要學繡花、織毛衣。

在前輩梁劉柔芬的帶領下，大約二十年前，我是第一屆婦女事務委員會的成員。梁太説：「要男女平等，便要給予女性跟男性同等的『地位』（status）、『權利』（right）和『機會』（opportunity），有了這三個條件，女性才會自強，而男性通過女性的自強，其實找到更大的自由。」這説得對：認識有些藝術

家可以追求夢想，是因為他們「另一半」的收入，足以支撐整個家庭的開支。看報道，有些男士放棄工作，專心在家照顧小孩子，讓太太安心在外面拼搏。男女關係如太極的兩儀，可以產生多樣變化，卻又未必相沖。當年，我們最難忘的成績，是爭取到政府委任最少百分之三十是女性，擔任政府各大小委員會的成員，聽說現在還增加到百分之三十五。改善一個社會的運作，不單是人們在街頭宣洩，反而最重要是在建制之內，有一群充滿智慧和無私的人，對着官員，不斷提出具體的「逆耳忠言」，改變施政，可惜今天見到的，是很多的 lickspittles。

香港男女平等下，衍生了新的生物個體，叫「港女」（叫 Kongals 或 Kong gals）。「港女」泛指今時今日獨立解放後的香港女性，語調中立，有褒有貶。「港女」是相對於往昔香港女性的傳統形象，例如「小家碧玉」、「大家閨秀」、「婦道人家」、「賢良淑婦」等。

今時今日，「港女」自主、自立、自強、自信，她們有些是學歷高、辦事能力高，勇於堅持自己的理想和對事物的看法，和其他亞洲女性比較，「港女」不做作、大方、直接、坦白，她們即使和男孩子沒有情愛，也可以是交心的「男女朋友」。

當然，有人攻擊劣質「港女」，看看作家葉一知的著作《港女聖經》便洞悉，例如「公主病」、反智、口是心非等。凡事總跑不掉「正」、「反」兩面。不過，與其話「港女」太陰火，不如說「港男」太陽虧。沒有教養和禮貌，不顧別人感受，可以是男男女女的共通。

我認識的何超儀（Josie），她便是正面「港女」的表表者：

她的背景是矛盾的,她是澳門首級富豪何鴻燊的女兒,金盆中長大。但是她卻反傳統,放棄「何家淑女」帶來的高貴形象,險走前衛,追求「次文化」(subculture)成就,每天頻頻撲撲,浮浮沉沉,永不言倦。她在數十年的困難人生中能夠存活,全因為她仍然有一個夢,用她的說法,便是:「我想擁有舞台和電影屏幕上的光環和滿足感。」

我和 Josie 曾經有過三個身份:我是她的長輩朋友、她的律師和舞台工作夥伴。我們都是夜貓子,常常在深夜以後才電話聊天,如果 Josie 不是「港女」,我才沒有豹子膽和一個結了婚的美女在晚上兜搭,她老公 Conroy 一早已上門問責了。

最近和 Josie 喝茶,問她:「你怎樣形容你的人生?」她笑說:「打不死吧!不過,我很想和其他女性分享一點:單身女人、甚至結了婚的女人,也可以有夢想,只要把難關看作考驗,像我一樣,輸了,再試過吧。許多人一沉不起,是因為自己打敗了自己。」

我回應:「很多人覺得因為你家裏有錢,你才可以這麼說?」Josie 搖頭:「真的是誤會。當然,我不能否認客觀事實,我是何鴻燊的女兒,家裏對我有幫忙,這是『何超儀』一個與生俱來的 package,可是,也由於這 package 為我帶來很多負面的東西,例如偏見、為難,甚至歧視等,足可把好的一面抵消。」

我好奇:「那你的人生有甚麼難關?」Josie 聳聳肩:「太多了,不過我很少說出來。」

Josie 回憶:「小時候,我是『孤獨精』,並不算快樂,因為上面三個姐姐的年紀差不多,她們自成一個圈子,玩得很開心,而我下面只有一個弟弟,他是男孩子,有自己的『成長系統』。

我是孤單的，我一個人躲在浴室唱歌、一個人對着空牆打羽毛球，我甚至懷疑過自己是否有自閉症。從小到大，家裏的管教是傳統和嚴格的，我們唸的是聖保祿天主教學校，我們要成為淑女，甚至長大了，媽咪期待下課後，也只應該穿 Esprit 這些牌子的休閒服。突然有一天，我買了歌星 Cyndi Lauper 那種『壞女孩』的衣服來穿，超短熱褲，蕾絲半截短上身衫，我媽咪嚇到尖叫；可是『忠於自己』是我長大後的性格，改不了。所以，你可以想像這樣嚴肅的家庭，竟然有人舉手要『拋頭露面』做歌星，必定經過不為人道的艱難，幸好有我大姐姐超瓊一直在支持我，她願意當我監護人去簽合約。那時，我不夠 18 歲，她帶着我去見 Virgin Records、成龍、梅艷芳等等，為的便是完成一個和我家族信念背道而馳的夢想，回頭一看，那是人生的第一個山坡。」

Josie 喝了一口茶：「第二個山坡便是我的『命』不好。最初，我去台灣發展，雖然離鄉別井，還要學好國語，但是我也願意，當時簽的是滾石唱片，但是滾石後來要捧林憶蓮。不久，找到經理人陳家瑛，希望她能夠捧我，可是她手上的王菲突然大紅，再不可能照顧我。到了我簽了華星唱片，主管郭啟華又去了幫忙鄭秀文。還有很多事情，都是事與願違。如果我想放棄演藝，一早便可以離開，但是我沒有，因為我有一個信念，只要我 keep on trying，終於會雨過天晴。」

我開玩笑：「超儀，你的命好『邪』！」Josie 眨眼：「可能更不幸的，是我有『企硬』的性格。在唱歌方面，我堅持不想唱大眾情歌，特別是那些『K 歌』（我聽過 Josie 唱過流行情歌，例如《償還》，絕對可以）和日本「cover version」（翻唱別人的歌），

我喜歡唱 Rock、Jazz、Deep House 等等，但是，香港市場沒有這樣空間。那刻，我人生面對的困難，是到底改變自己去迎合市場？還是做回自己？我最後決定朝着自己的路向，結果我是對的。如果，當天我走『流行玉女』的路線，今天已消失得無影無蹤。現在，我經常出席世界各地的『另類』演唱會，長做長有，也算建立了一條事業路向。」

我說：「那麼，你人生的第四個難關呢？」Josie 答道：「有些說我『好命』，其實我的命好苦。到我去了電影發展，當時簽了 JC Group，經理人教父陳自強想給我機會，可惜『中港合拍片』興起了，這些電影，規定演員的比例，有多少個用香港演員，有多少個用內地演員，結果，男主角多是用香港的，而女主角便用內地演員。唉，我又生不逢時，香港女演員的沒落，便是中港合拍片的二千年代開始，所以，喪失了電影發展的機會。但是，我告訴自己，不能坐以待斃，只好成立自己的電影公司，自己做監製，拍了如《維多利亞一號》的電影。」

我問：「第五個難關呢？」Josie 說：「哈，就是現在，我已經成立了一家音樂和電影的綜合機構，但是要養員工、要找收入、要出產好的作品，難度極高。不過，路已經走了數十年，我不會放棄，『仍然相信』這四個字，對我太重要了。擁有財富的人，都未必快樂，而快樂的事情，又未必和錢有關。」

我沒有追問的，當然是超儀的老公陳子聰（Conroy）生了大病的時候，她既要工作，又要照顧他。最後，Conroy 痊癒，超儀放下心頭大石，這一定是 Josie 的第六個關口。

何超儀其實可以是一個嬌小溫柔的女性（當然，她在台上和

對同輩，或許是另外一個樣子），不過她對待我們這些「叔父輩」的人，卻是特別禮貌、客氣謙和，完全感受不到半點 edgy 的猛烈性格，這便是「何家淑女」的良好教養和分寸。

　　我問超儀有甚麼意見給當下迷茫的年輕人，超儀說：「希望其他『港女』和我一樣，訓練自己『抗逆』能力高一點，就算知道前面是一條困難的泥路，預見會狂風暴雨，但總要『企硬』，把路走完。『屹立不倒』，其實不是沒有跌過，而是做人跌過後，便急急爬起來，再次站立。而做娛樂、藝術的，先不要太大野心，只想進佔內地市場。內地喜歡我們，或喜歡我們的東西，只因為我們是香港人，有香港風格，所以不要扮『內地』，要『內地』，他們要求的水準更高。要做好香港市場，或具香港風格的東西，才考慮其他吧。有成就的人，很少會第一天便斤斤計較，左度右算的。」

　　我和超儀合作音樂劇《情話紫釵》的時候，她是非常專業、認真投入，和每一個人都相處愉快的，如果有任何人以為何超儀家裏有錢，便是難搞的，這是很大的誤解。她令我想起一句話：「如果我低頭，只是為了欣賞我的高跟鞋。」超儀的執着，是因為她對自己、對藝術有要求，大家想想：「超儀年代」的女歌星、女演員，有多少個已經銷聲匿跡？只有何超儀仍然在這圈子，順流，逆流，在努力、在等待觀眾的理解與欣賞……

岑偉宗說第一句歌詞決定生死

　　假如要找節目主持搭檔，我一定找岑偉宗，他是香港舞台劇填詞的翹楚。

　　和別人溝通，如三種體育活動：有些人像打哥爾夫球，小球滾了出去，便不回頭，跟這些沒趣的人談天，換來的是沉默；最可怕的人是口若懸河，對着你燒槍，不停在耳畔呼呼呼；岑偉宗，如打乒乓球，句來句往，互動、活潑。

　　和岑偉宗結緣，有一段日子，那時候，我和朋友投資了音樂劇《情話紫釵》，導演毛俊輝老師介紹岑偉宗給我認識，他工作熱忱，我對他的印象很好。

　　岑偉宗是文青，中學時代已熱衷戲劇活動，到大學時代，更嘗試投稿報館寫劇評，誰知一投就獲取用。及後他更大膽問報館編輯可否用報館名義取傳媒票去看演出，而編輯說取了票就要交稿。這樣，他就開始長期在《信報》、《文匯報》和《大公報》等報紙寫劇評。

　　浸會大學畢業以後，他當了中文老師，仍然對戲劇念念不忘，傻小子竟敢毛遂自薦，找名編劇家杜國威給他機會，經過一番考量，老師的一雙慧眼，在銀鈴般的「招牌」笑聲中閃動：「好，一起合作，

你協助我音樂劇《城寨風情》的填詞吧！」那是 1994 年。

《城寨風情》出來的成績很好，在舞台填詞界，岑偉宗找到了方向。在 1996 年，他考進香港大學唸碩士，並鼓起勇氣，辭退了老師教職，靠自己的積蓄和在大學做研究助理維持生計。2003年，和做時裝生意的女朋友結婚，到了 2006 年，岑偉宗全職寫詞，從此，他便走上了專業填詞人的不歸路。

2001 年，鄭少秋主演的《聊齋新誌》及 2002 年謝君豪主演的《還魂香》把岑偉宗推上事業高峰。連《上海灘》的填詞大師黃霑都這樣稱讚岑偉宗：「中文根底好，詞寫得好，寫詞而又有這樣中文根底的，現在很少了。」

回頭看，岑偉宗說：「我算是下了些苦功吧。有一句話取笑文字工作者，叫『識人好過識字』，意思是拉關係比擁有實力重要，今天回看，我不大同意。我以前會覺得做事要靠人脈；後來越來越發覺這想法很傻。今天我覺得如果不『識字』，其實很難『識人』，就算識得到人，關係也很難長久。更遑論賞識、扶持這回事了。」我說：「憑關係，只可以入門，但是，各行各業成功的表表者，沒有一個單靠攀龍附鳳，便可以登天。」

問偉宗：「作為香港舞台填詞界的中堅分子，你還有甚麼理想？」他答：「粵語本身很有音樂感，其實很適合用來寫音樂劇，我希望發揚『粵語音樂劇』，像上世紀八十年代的粵語流行歌，紅遍各地。音樂劇（musical）有三種元素：音樂、故事和歌詞，我的強項只是第三部份，我想更進一步磨利自己的刀，看看有沒有後來者有興趣交流一下想法，大家同心協力，把粵語音樂劇再推上層樓。」我回應：「對，到了今天，不用說香港，就算中國

的音樂劇，都出不了舉世知名的『戲寶』，如西方《歌聲魅影》般的波瀾成就。」

　　寫過劇本、小說、散文和藝術評論，都不紅，我這『筆農』點了一杯酸澀的檸檬茶，嘆說：「寫小說最好玩，天馬行空。寫電影和電視劇本，最叫人『頭痕』是兩件事：要顧及製作的可能及預算，更難受的是『集體創作』，監製、導演等往往隨便改劇本。」偉宗帶着漫畫人物的笑容：「填詞更不輕鬆，要精要確，特別是廣東話，聲調有九聲，音節填錯了，便變成另外一個字，例如『笑』，會變成了『蕭』，更何況音樂劇有另一難度，便是要藏有大量『information』（訊材），因為音樂劇用歌曲來說故事，歌詞自然要介紹人物、地名、背景、時空、行動等等；歌詞絕不是單純『寄意』，它其實是複雜的對白。」

　　偉宗喝了一口水：「和寫曲的高世章搭檔多年，更讓我深入音樂世界，對自己要求更高，我希望文詞可以融入不同音樂的質感，對着古典西洋曲，詞要有古典西洋味；對着元代故事，文字要有元曲的味道。我和高世章快要在西九文化區戲曲中心，公演粵語音樂劇《大狀王》（《The Great Pretender》），故事是關於清朝四大狀師之一的方唐鏡，寫公堂審案。當法律題材變了音樂劇，作詞的難度更高，公堂戲的歌詞，要交代案情的細節、法律的理由，還要有時、地、人，講殺了誰。但願歌詞出來的效果，有『清代味』和『法律味』吧。」

　　我問：「劇本也是你寫？」偉宗開玩笑：「我不擅長寫劇情架構，對我來說，劇本猶如建築一樣，絕對不是我的強項。」

　　再問偉宗：「做填詞人的態度是甚麼？」偉宗說：「和所有

藝術從業員一樣，我們工作上的回報，只是一般。故此，不能太計較金錢得失，you must do what you are enjoying to do；跟着要勤力，懶人做事，一定失敗；而且要『永不放棄』，面對失敗便放棄，這些人不會有出息。」

我好奇：「你填詞多年，有甚麼心得？」偉宗想想：「曲詞本質是輔助一首歌，而歌曲無可避免地是一件『半商品』，因為它需要聽眾，故此，不要太曲高和寡，好的曲詞必須雅俗共賞。」

「歌名和歌曲的第一句是『生死攸關』：歌名不吸引，或未能畫龍點睛，便沒有人會關注這一首歌；而歌曲第一句更是引玉之磚，第一，聽眾許多時候憑着第一句，決定是否把歌曲聽完下去；第二，對作詞人來說，第一句是內容和曲韻的『水源』，如果頭首開錯了，再填寫下去，便不順暢。」我點頭：「同意，例如鄭國江老師所填寫的《分分鐘需要你》，第一句是『願我會揸火箭，帶你到天空去，在太空中兩人住……』，你看，它為以後的歌詞，提供了內容發展的極大空間，如果改為『手拖手去餐廳吃飯』，那便只是一條羊腸思路了！」

偉宗笑：「此外，要好好利用字典，我寫歌詞的時候，檯頭都會放幾本辭典，左揭右翻找出詞彙，揪出靈感。」

「最好也學習音樂。黃霑大師的歌詞卓越，是因為他懂得音樂，故此，遇到困難的時候，他有能力和作曲人磨合，把歌曲適度調整，去配合歌詞。」

「最後是精心炮製『副歌』（chorus），這段重複的段落非常要害，必須特別用心，它是觀眾哼唱的主點，如果副歌又難記，唱也不容易，這首歌如何會紅起來？舉例來說，林夕填詞的精彩，

是無話可說，他為歌星古巨基於 2004 年的一首大紅歌曲填詞，那首歌叫《愛與誠》，其中副詞是『別再做情人，做隻貓，做隻狗，不做情人，做隻寵物至少可愛迷人』，是經典金句，當時，這一段唱至香港街知巷聞，這便是 chorus 的魔力！」

　　我接着：「城市人生活忙碌，當我聽網上 spotify，首先動作便是跳去流行歌的 chorus 部份，在四個情況下，絕不會把歌曲全首聽下去：曲調不悅耳、歌者唱得不好、曲詞丈八金剛，「不懷好意」、曲詞平凡無力，沒有共鳴。」

　　最後，問偉宗：「由於其他原因，歌詞沒有好好地給演繹出來，你會怎辦？」偉宗吸了一口氣：「如果歌詞已交到其他人手上，歌者如何，已是他們的責任，不過，在去看排練的時候，如果距離我心中的效果太遠，我會忍不住跟導演商量，交換看法，希望找到一個大家都接受的方法去改進。當然，這便是化學作用，如果最後的歌曲演繹不是百分之一百自己的東西，像失去兒子，卻換來許多不同的女朋友。」

　　和岑偉宗結束聊天，我在想，「字字珠璣」，恐怕是所有填詞人的挑戰。好的歌詞如微風細雨，滲入肌膚；突然聯想到：好的歌詞和甜點又有何共通呢？兩者都要靠獨特惹人的色相，吸引看官，分別是甜點吃過了，怕胖會後悔，而享用歌詞之後，身體不會胖，肉都長到了靈魂的深處。

林旭華看香港電視興亡

　　以往數十年，香港人吃過晚飯，一家大小，坐在電視機前面，花兩三小時，電視是眾人嘴裏含着的一粒話梅；今天，許多人和我一樣，電視看不過十多分鐘，對着手機，卻每天起碼一小時。

　　做電視這行，如果不知道林旭華是誰，這個人「好打有限」。

　　林旭華是香港電視傳媒的元老，我和他相識數十年，他為人行俠仗義，光明磊落。在 1972 年，林旭華在浸會學院傳理系唸書的時候，已經在「無綫電視」（TVB）兼職，負責常識問答節目撰稿，每條題目港幣十元。Peter（林的英文名字）在 1975 年，入了政府的香港電台（RTHK）《獅子山下》做幕後；不過，TVB 的林賜祥和綜藝節目《歡樂今宵》的編導石少鳴賞識 Peter，說服他跳槽去無綫電視，當時加入 TVB 製作部「Research Unit」，TVB 高層劉天賜建議翻譯做「資料搜集組」。林旭華記得：「我在香港電台的人工是 1,400 元，去到 TVB，是 2,500 元！」當年 TVB 在九龍塘廣播道，廣播道盛極一時，叫做「五台山」，包括「無綫電視」、「麗的電視」、「香港電台」、「商業電台」及「佳藝電視」；後來佳藝電視結束，仍然叫「五台山」，因為香港政府的「教育電視」，還在那裏。不過，今天「五台山」已經消失。

1976 年，世界級的盛事「環球小姐選舉」在銅鑼灣利舞台舉行，TVB 派了 Peter 當統籌經理，節目非常成功。於是，公關部的唐基才找 Peter，要他當手下，大概 1977 年，更晉升為公關部執行經理。

1978 年初，香港第三家免費電視台「佳藝電視」（Commercial Television）經營困難，他們誠意邀請 TVB 的高層跳槽，包括梁淑怡、葉潔馨、劉天賜、林旭華、石少鳴、盧國沾，他們被稱為「佳視六君子」，企圖挽救大局，可惜，佳視在數個月後，終於倒閉。

這個打擊，反而讓 Peter 的人生獲得自由，他是第一代的「斜槓人」（slashie）。此後，他當過「麗的電視」（Rediffusion Television）第一台助理總監、其後亦在 Conic TV Studio 工作、再當新藝城電影公司的發行經理、亦在 Hutchison Cable Vision 策劃本地節目頻道。到了上世紀九十年代，林旭華和朋友創立錄像出版社，又在商業電台最紅的清談節目《風波裏的茶杯》和鄭經翰一起當了十年的主持人，這個節目，連政府的高層也要每天收聽。在 2004 年，林旭華離開了電台，此後，過着「飛特族」（freeter）的人生，不被工作困身，輕鬆快活。

我從年青到現在，都喜歡和前輩聊天，所謂「老氣橫秋」，是指一些沒有份量卻又自命不凡的老人家，但是如 Peter 這些滿載智慧的前輩，他們的成功比我們的失敗還要多，怎會再摘瓜稀呢？跟他們談天說地，真的是「塞錢入你袋」，所以，我準備了十條關於香港電視工業存活的問題，向 Peter 發炮。

問：為何香港的電視台倒閉的倒閉，衰退的衰退？

答：六個原因吧。第一，現在電視台的投資者，許多「志不

在此」，經營電視台，只不過想增加其他本錢。當老闆自己都對創意工業沒有興趣，如何領導下屬？第二，今天經營手段，不以「創意」行先，電視台變成製衣工廠，流水作業，大家緊張的只是控制成本。第三，管理層老化，創意工業，由老人家掌控，如何有幹勁？第四，電視的台前幕後，依然玩「壟斷」手段，藝人服務甲台，便不能服務乙台，害得人才不流通。第五，急功近利，不會花錢在長線培養人才，因為怕培養人才後，會給別台搶走。最後，是工作態度，當大家都不起勁，「懶懶閒」，哪會做出成績？

問：會不會是香港觀眾無情，對本地的電視節目，不加支持？

答：觀眾無情是應該的，觀眾又不是電視台的股東，為何要支持某個電視台？電視節目的收視，優勝劣敗，這是合理的。當本地節目不好看，觀眾有權看內地的、韓國的、美國 Netflix 的節目。有人說，因為香港電視節目沒有豐厚的財政預算，所以水平拉低，我覺得這是抵賴。當年，香港電視劇的預算，也不及美國電視劇啦，為何香港人又喜歡看？這主要是創意水平的問題。

問：你對香港電視觀眾的評價？

答：許多有識之士轉看網上其他節目，所以香港電視觀眾的水平，亦出現下降。他們看電視，是「跟風」的，看不看一個節目，最緊張是明天上班時，能否和同事的話題搭上，而不是在乎這節目是否有創意、製作是否用心等。最近，ViuTV 的節目，很有創意，雖然收視未必高過 TVB，但是，我覺得行內人，會拍掌鼓勵的。

問：電視人的水平，又是否和薪酬待遇有關係？

答：有點關係，但不是絕對的關係，你看，政府新聞處和香港電台的工資很高，但是等於他們的東西水平較高嗎？也不一定。

我覺得是看人的，主要看這個人對於創作有沒有熱情？有沒有使命感？我們上網，看到許多年輕人的創作，他們沒有收酬勞的，但是水準奇高，這又和待遇有直接關係嗎？

問：是否香港今天的電視人才，不及上一代？

答：這樣的觀點，也不算正確。我只可以這麼說：以前電視台好的人才，真的非常卓越，也許七、八、九十年代的香港人，有一份鬥志，想出人頭地、戰勝自己。於是，當年的電視台，無論台前幕後，出現了一批「明星級」的精英；但是，現在的電視人，優勝在「周身刀」，許多是 multi-talented，一個人，可以懂得拍片、剪片、編輯、主持，綜合能力很高；所以昨天電視台是「將」強，今天也許是「兵」強吧。

問：做電視行業，甚麼人才可以勝出？

答：一定不是拉關係。做電視行業最好玩的地方，是「一試便知龍與鳳」。行業成功的人才，總有四方面的條件：（1）對行業有強烈的興趣，好想表達自己；（2）性格主動，不會守株待兔；（3）有勇氣破舊立新，絕不交「行貨」；（4）不把錢放作做人的目標，雖然賺不到錢，工作也會進取。

問：那麼，香港要期待甚麼的投資者呢？

答：唉，有電視投資者才算吧。香港最可悲的地方，是有錢人太容易靠炒炒樓、炒炒股票，便賺到可觀的收入，引致大家對一個只有七百萬人的市場，不聞不問。我們最需要的，是出現一些「立足香港，放眼世界」的頂級老闆，以往我們有過，例如「邵氏兄弟」的邵逸夫爵士，他在香港製作電影，卻銳意建立亞洲王國；此外，嘉禾的鄒文懷先生，他在本地培養如李小龍、成龍等巨星，

然後把他們送到美國市場，這些有膽量、有眼光的老闆，才是一個傳媒行業興衰的關鍵。香港目前的商人太「利字當頭」，這才是危機。

問：香港的電視節目，又如何在劇烈的競爭中勝出呢？

答：我多年觀察所得，香港人是非常有創意的，不過，一定要有熱愛文化的老闆帶動，才可把我們的創意，變成工業，香港生產出來的東西，必須要具有香港特色，而且，要淋漓盡致、精彩絕倫，外面的人才會喜愛，而「Made in Hong Kong」的電視節目，才會有出口市場。香港政府常常鼓勵年輕人去創業，恐怕他們更要做的，是教導那些老闆級的人，改變思維，由他們出錢出力，領導年青人一起創意，生產好的節目，振興香港。數年前，有人願意出錢出力，創立一個新的免費電視台，可惜因為種種考慮，政府把這件事腰斬了。從創意工業、電視行業的角度看來，這是非常可惜的，因為電視是創意行業，有新的競爭者，才會激發出新的發展和進步。

問：對着香港市場這一潭死水，你猜還有人對香港的電視行業感興趣，願意拿出數以億計的金錢來「定位香港」嗎？

答：如果只有七百萬人的市場，當然吸引不到電視投資者，但是，希望無論香港本地、內地或海外的投資者，明白到香港仍然是一條文化橋樑，通過這條橋，香港電視的節目可以打入國內市場，也可以攻海外市場。我不是奉承，在這方面，香港仍然有優勢，我們是東西文化的匯聚點，我們了解華人的口味、也明白外國人的要求。香港政府決心要做的，是如何引入更多新的投資者，投資電視台、網台、傳媒等，又要為他們開路，不是擋路；

有新老闆，才有新的平台和系統、新的競爭、新的人才、新的氣氛。所謂，「搞旺個場」，便是這個意思。

問：Peter，第十條的問題便是，你有甚麼心底話，想和香港電視業傾吐？

答：香港的電視台，不要再玩「壟斷」了，應該「大氣才有大財」，不要只是自己製作節目，要發展「共享經濟」，把一些製作項目交給創意界大大小小的製作單位，培養他們、協助他們。電視台應該是一個英明的輔助平台，讓人才得以發揮及成長。目前，香港電視台的領導人物，只忙於躲在自己的廚房日烹夜煮，為的只是醫飽目前的雞腸小肚，非常叫人失望。

感謝 Peter 和我對談，最近，我在上環文娛中心，看了冰島舞蹈團（Iceland Dance Company）的現代舞，叫做《黯黑祭典》（《The Best of Darkness》），舞者擁抱着玩偶，一方面呵護、一方面痛罵。我們對待從小到大，陪伴我們數十載寒暑的香港電視台，何嘗不是同一矛盾和愛恨呢？

吳志華帶領故宮文化博物館

　　「彼之蜜糖，吾之毒藥」，這就是博物館。有些朋友不喜歡博物館，説：「一個個儲物玻璃櫃，有啥好看？」他們到台北故宮博物院只直衝去「翠玉白菜」，到土耳其 Topkapi Palace 博物館只瞄 86 卡的「造匙者鑽石」，便一縷煙般飄走。

　　每訪異地，我喜歡花大半天去博物館，那是一場沒有風花雪月的心靈沐浴，不過，害怕那些「超級」博物館，花了一天只是走了一半；又怕場館沒有長椅可以坐下來歇息。最理想是博物館有咖啡室，如獲天堂。記得某年去都柏林的一家博物館，終於在頂樓發現了洋甘菊茶和紅蘿蔔蛋糕，步往陽台，愛爾蘭春回大地，空氣笑含花香。

　　過去，香港的博物館，當然不是世界級，但是對西九文化區建造中的世界級博物館，引頸以待。希望我們的熱切，不會換來落空，所以，香港故宮文化博物館的首任館長吳志華博士，既是我的朋友，又是我鞭策的目標。

　　大概十年前，宋朝張擇端的名作《清明上河圖》化身動畫，來香港展覽，古代繁榮市集，活現眼前，超過九十萬人看過，轟動一時。我問：「誰是主腦？」友人説：「康文署的吳志華。」

後來，因工作的關係，幸會了 Louis（吳的洋名）。

Louis 曾經是公務員，官銜最高至康文署副署長，但最近放棄公務員的安穩，勇敢「下海」，原因只有一個，Louis 説：「我熱愛歷史文物，以此為終身職志。選擇離開數十年的崗位，挑戰自己，博物館是千秋功業，能開創一個投資數十億的博物館，不是人人都有的機會。」

公務員有兩類心態：「打工仔」和「使命感」。打工仔心態是安份守己，不做不錯，多做多錯，求的是薪水和三餐，無風無浪又退休；有使命感的公務員，工作不光是為了生活，他們有一個服務大眾的赤心、搞好香港的理想，縱然遇到挫折，在失望以後，再迎難而上，但這些好官，現實中有多少個？有些只關心每天的 tray in 和 tray out？

香港官場當中，懂文化的，已經寥寥，還要熱愛藝術，更鳳毛麟角，竟然上善若水，棄官追尋歷史藝術的，簡直進入瘋狂狀態，但是藝術工作者，必須有這副德性。粵劇泰斗阮兆輝説：「我經常跟後生一輩説，若你們不喜歡藝術，快點走，不要浪費自己及老師的時間，要真心喜歡，才能做得長久！」

Louis 的外貌，是「鋼條」形，使我想起大戲的武生，他言行敏銳，又像一個商界的 CEO，所以，他竟然和政府的工作拉上關係，真是異數。更異數的是 Louis 要接手這麼艱巨的博物館項目，全球十多億華人金睛火眼留意他的成敗，好吃力哦。

我開玩笑：「你是何方神聖？有膽量熱鍋裏喝湯？」Louis 輕描淡寫：「我是個平凡人，唯一不同的，是從小對歷史有強烈興趣，我在大坑東路德會協同中學唸書，歷史科成績一向突出，所

以，在中文大學的學習，也是主修歷史。上世紀八十年代畢業，當了一陣子老師，之後，區域市政署聘請我當『二級助理館長』，第一項工作，是主理大埔的鐵路博物館。此後，我的事業和博物館有不解緣，一步步往上行。」

　　我問：「好好的一個高官，為何有勇氣改變人生？」Louis 笑道：「幾年前我有份參與香港故宮文化博物館的籌備工作，及後知道他們急需聘請館長，突然，一股熱血湧上心頭，我想：在歷史的長河中，我只是一粒微塵，不過在此時此刻，除了北京和台北以外，香港竟然可以得到故宮的落戶，教全國其他省市羨慕不已。我作為香港人，很想參與其中，因為這間博物館，將成為中西文化兼容的立足點，展示五千年中華文明的成就。北京是我國古都，也是紫禁城所在，展示故宮的珍貴藏品，是合理不過的，但是，在香港這個現代世界之窗，到底可以用甚麼角度和手法，展現故宮的藝術文物，我愈想愈興奮，決定在自己短暫的生命裏，做件最有意義的事情，於是『膽粗粗』放棄政府工作，去應徵館長一職。」

　　我不解：「香港故宮和北京故宮，將來是如何合作呢？」Louis 一針見血：「我們館是獨立運作的，不是他們的分館。但是，北京故宮會給我們全面的支持：首先，他們『不設限』的給我們挑選他們的展品，挑好後，會根據我們提出的展覽構思，提出意見。他們同時就館藏、研究和其他專業工作，提供協助。總之，北京故宮是我們的強力後盾，有甚麼要他們幫忙，都可以提出。」

　　我笑：「他們是國家級的專家，你和他們合作，感覺如何？」Louis 瞪了眼：「哈哈，我們之前合辦過不少的展覽，他們欣賞我

們用創新和生活化的角度，去演繹文物的故事，畢竟，香港人有不一樣的視野；但是，我未來最大的責任，是如何不負眾望，把故宮的瑰寶，以國際級的水平和創意，展示給大家看。」

我不恥下問：「面對的挑戰有哪些方面？」Louis 說：「有三方面，全都是關連的問題，包括如何選材、觀點、演繹、處理和宣傳等等。第一點，是古代和現代的關連，如果老祖宗的東西，能夠聯繫現代人們的生活，為舊文物賦予新生命，讓人們更容易了解傳統文化的價值，那便很理想。」我回應：「對，你看《清明上河圖》化身動畫，大家多激動！」Louis 繼續：「第二，香港作為一個中西的文化橋樑，我們把中國文化和藝術，與世界文化和文明進行對話。」我笑笑：「那可以來一個我國和外國『王位繼承制度』的比較，一定非常精彩。」Louis 接著：「第三，便是古代生活和香港本地生活的攸關（relevance），以香港視角，解釋故宮文物，尋找『在地』的意義。」我點頭：「藝術文化最重要是分享，如果住在牛頭角的街坊覺得故宮博物館只是『平民止步』的高貴場所，那便非常失敗；此外，『故宮』應吸引許多外國遊客來看，他們的興趣也要照顧，因為作為遊客，心態都是要欣賞『奇珍異寶』，可以在博物館放一兩件『鎮山之寶』，沒有『翠玉白菜』，都要找一件『翠玉芥菜』吧！」

我再問：「要達到上述的三個層面，說來容易，如何做到呢？」Louis 不假思索：「火花。一定靠不同學科和背景的團隊成員所產生的火花，所以，我希望同事來自不同文化、地區、經驗和專長，但必須有好的學術水平、創新思維和共同的信念，而我現在最重要是『埋班』，班底好，未來一切自然運籌帷幄。」我非常同意：

「香港的優勢，是國際大熔爐，既然有了『先天』，即故宮的豐富藏品，『後天』便在乎你領導的能力，如何做出國際水平的展覽，外國人坐飛機也願意來看，這才算成功。」

我出難題給 Louis：「有少數人認為，香港故宮，是象徵內地的文化威權，落地香港，你如何回應呢？」Louis 認真地：「這是不正確的看法，『內地』和『本地』，只是個地理和行政上的概念。從文化層面，內地和香港，都是根源自中華文化，在一體多元的格局下，彼此共融和互動，這樣中華文化才有創造力，看這些事情，不用泛政治化，我們都是中國人，每天寫中文、講中國話、吃中國菜、暢談中國歷史、閱讀中國文學，將來，去香港故宮觀賞我們老祖宗留給我們的寶物，不是很好嗎？實在不必太多誤解。」

我關心：「將來故宮博物館，會支持香港的年輕人嗎？」Louis 點頭：「當然，這是香港人的博物館，我們要服務香港人，因此，我會做幾件事：首先，建造世界一流的博物館，以香港角度，展示最好的文物。第二，做好『文創』產品的開發，我希望以『故宮』為主題，伸延一些文創產品，例如文具、紀念品、生活用品等等，讓本地設計師，可以有機會參與，除了賣東西之外，更可展示香港人的才華。另外，將來會有內地文物專家來港交流，我希望派些本地的年輕人跟他們學習，從研究、文物修復到展覽，希望都可接觸到，久而久之，香港培養出這方面的人才。」

我很高興：「那太好了，香港有些年輕人的沮喪，便是沒有新機會。在全球，特別大城市，『藝術經濟』是新的發展方向，但願青苗有一天可成巨樹。」

Louis 補充：「許多人以為香港故宮博物館只是展覽故宮的東西，這是不對的，我們將來會是一間以故宮為本，放眼世界，促進中西對話的文化平台，故此，亞洲、歐洲，以至全世界的東西，只要有一個相關的文化議題，都會是我們進行交流和合作的機會。」

我愛逛博物館，因為它解答了許多「從何而來」的民族、歷史、地理等問題，了解過後，你可否想過，今天我們的政治、經濟和社會，也會成為博物館的未來內容，如果沒有博物館，死亡，是埋藏在地下的故事；有了博物館，往昔，會死而復生、生生不息。

數十年前，我從曼谷飛去柬埔寨的吳哥窟，參觀廟宇，看見佛像頭的碎片，因為剛剛戰亂完結，跌到滿地都是，一堆堆，如垃圾棄物，真的非常心痛；突然，我彷彿身處清代，站在圓明園的門口，看着八國聯軍剛剛離開。所以，告訴大家，一個國家、或許只是一個城市，博物館的存在，便是把歷史的碎片拾起來，放在一處有尊嚴的地方，讓我們走入時光隧道，借古鑑今，這對於一個民族來説，你可知道有多麼重要嗎？

國學大師南懷瑾説過：「一個國家民族的文化中心，就是自己的歷史。」他又説：「今天我個人覺得最悲哀的是，所有中國人讀到中國文化都是一片茫然，自己倉庫裏頭有太多寶貝，可是卻把鑰匙搞丟了，打不開這個倉庫，講起文化前途，覺得很難過、很悲哀，棒子交不下去，不曉得怎麼辦……」

我愛博物館，故人走了，情懷卻在，好奇仍在……

譚兆民談藝術管理的難處

　　譚兆民（Paul Tam）有幹勁、有夢、有火。在 2014 年，獲聘任為香港芭蕾舞團（Hong Kong Ballet）的行政總監，短短數年間，舞團充滿活力。

　　平時的 Paul，溫文有禮，嘴角掛笑，有藝術家的氣質，但是，一談起工作，他就變得雀躍。那天，和他喝咖啡，一談，就是兩小時。

　　Paul 說：「人生像棋盤，放在你面前，許多都要抉擇，如果往往心大心小，只會裹足徘徊。所以，做好事情的第一個法則，要問自己對事情有興趣嗎？有多大的信念？我的故事也是這樣：家裏送我往加拿大唸書，期望我讀經濟和工商管理等東西，將來協助家族生意，我唸了一陣子，發覺不對勁。如果自己對學科沒有興趣，將來的路怎也走不好，於是，我向父母極力爭取，終於進了約克大學（York University），修讀鋼琴及作曲。這樣，便改變了我的一生，給了自己精彩的每一天！」

　　我說：「許多年輕人問我，如何挑選職業？我的回應是：由於大學教育普及，想唸書然後找份優差，是很幼稚的想法，現在，甚麼工作都賺不到『大錢』，但是，每個行業成功的一群，都生活無愁，既然這樣，為何不找一份有興趣的工作，專心做好。」

Paul 繼續說：「做好事情，第二個法則是『不要事小而不為』。所有成功，不會一步登天的，必須不怕麻煩瑣碎，每天做對幾件小事情，積累起來，便是大成就。2003 年，我在美國甘迺迪表演藝術中心實習，當時，我們首要處理的，是如何籌備演出。導師說：『作為藝團的行政人員，懂得增加資源，讓藝術可以活下去，是我們的天職。』於是，學員想盡辦法，『由細做起』，說服有心人，由小小的購票開始，然後日漸增加支持力度。我告訴你一個故事：我把每一個來看芭蕾舞的觀眾，視為家庭的成員，真心地和他們交流。有一天，認識了一位朋友，她從來沒有看過香港芭蕾舞團的演出，但當她看過後，突然告訴我，要買數十張最貴的門票來支持舞團。」

我也告訴 Paul 一個故事：「我有一個台北好友，他做廣告的，數年前，決定自己創業，最擔心是生意額不足，他問我如何建立客戶，我告訴他一個簡單方法，一星期有五天上班，每天中午找一個『可能客戶』吃飯，不用吃好的，只要利用那一小時，誠意地和他們溝通，積累下來，一年便見了數百人，總會有人給你生意的！結果，朋友打電話給我，衷心地感激，他用了這方法，果然有業務回報。集腋成裘，水滴石穿，是真金道理。」

Paul 談到他的第三點經驗：「辦事要成功，就要訂立特別的目標，否則，只是『人做我又做』，隨波逐流，平庸收場。故此，不能找些駕輕就熟的節目，又或只是『做自己喜歡做』的。面對工作，要費心思量：節目的水準有多高？有沒有新意？適合觀眾的口味嗎？除了一批老觀眾，有沒有機會吸引新的觀眾？這些東西，說來容易，苦況不足為外人道。但是，想通了一次，下

次便容易得多。最近，我們演出的《大亨小傳》（《The Great Gatsby》），大獲好評，便是縝密計算下的成果，例如考慮了《大亨小傳》是一本受歡迎的小說，加上上世紀二十年代的華麗服飾，是觀眾喜愛的，同時也要把握這機會，讓本地青年藝術家如爵士歌手歐陽豐彥可以亮相等等。」

我和應：「香港人叫這過程做『食腦』，食腦的大前提，是不要懶惰，我的親人是一個大機構的主管，他說有一個方法，便可以分辨出誰是出色員工？誰是平凡打工一族？出色的人遇到難題時，會說：『老闆，有這樣的一個燙手山芋，不過，我想好了，要解決的話，有三個方案，可否和你研究，哪個最好？』；庸碌的人只會說：『老闆不好了，遇到大問題，你教我如何應對是好呢？』。故此，又想升職加薪，又想不用思考，這傢伙未免太天真了。」

Paul 沉思了一會，接着：「勇氣也很重要。每一個決定，特別是創新的想法，必定有未知之數。懦弱怕事的人，不敢走出四方框架，可惜，現實是無情的，你不走前一步，別人走前了，你就會墮後。舉例來說，門票價錢的設計，亦要花很大的心思，才探索出市場的策略。看芭蕾舞的觀眾，有些是經濟富裕，所以，把最好座位的票價加到昂貴水平，他們會接受的。如是這樣，便把貴價票的收入，去補助基層市民的觀眾，那不正是很好的主意；另外，假設票價的種類愈多，愈能配合社會不同層面的負擔能力。在我加入芭蕾舞團前的數年間，就進行了票價改革，收費大概分為 \$1,000、\$680、\$480、\$280 和 \$140 多種，結果證明這改動是正確的。」

我也嘆喟：「生命短暫，所謂成功和失敗，其實到了死亡一刻，只是『一場空』，看到有些香港人，明明衣食充足，卻貪生怕死，抱殘守舊，我是心痛的。很喜歡的一段話，叫『見了就做，做了便放下，了了有何不了？』，希望有更多香港人，用勇氣來改變香港，走出『低端思維』的社會。」

　　Paul 說：「第五點便是『借力』。任何藝團，只是埋頭做自己的工作，不和別人合作，『你有你做，我有我做』，是故步自封。今天的藝術是『跨媒體』的，今天的合作是『跨界別』的，瑟縮在某個階段，怎可以快高長大呢？藝術和時代是共存亡的，我們藝術工作者所做的事情，必須要『Relevant』（相關），我們所做的藝術和香港的社會『相關』嗎？和面對的大時代『相關』嗎？和香港人『相關』嗎？所以，藝術團體未必只是一個『團體』，它更應該是『平台』（Platform），一個『互動平台』（Interface Platform），讓四方八面的可能力量，在平台碰頭，產生火花。所以，我堅持芭蕾舞可以『高貴』，但不可以『高高在上』，我們要和社區息息相關，因此，我們走出香港文化中心的基地，去了老百姓的社區表演、去了香港演藝學院演出。我們既和香港管弦樂團合作，但是也跟流行藝人劉心悠 crossover，不應該有所謂『降格』這心理障礙。」

　　我跟進：「對，這想法叫『有容乃大』，我想起兩個了不起的藝術家，一個是久石讓（Joe Hisaishi），一方面他忙於正統音樂，另一方面，他接受動畫電影的配樂工作，因為音樂對他是沒有疆界的。另一位是香港的粵劇大師白雪仙，她帶出的傳世粵劇，由上世紀五十年代演出至今天，依然屹立不倒。偶然有一次，竟

然見到她在大會堂，細心地觀看一班只有幾歲的小朋友演出『兒童粵劇』，她對粵劇，是沒有分大小的。所以，開放、包容、吸納的態度，是做好文化工作的先決條件，一個藝術家如此，整個藝術界別也應如此。」

我和 Paul 開玩笑，還有沒有第六點？ Paul 說：「最後，也是最重要的，便是自強不息，特別是表演藝術圈，因為觀眾是殘酷的消費者，『不管黑貓白貓，捉到老鼠就是好貓』，看到差勁的表演，他們頭也不回，就如武功較量，技不如人，便遭人淘汰。不要常常投訴市民不支持藝術，觀眾不會因為你是『香港製造』，便會看你的節目，要撫心自問：我們的藝術作品有多好，使觀眾願意購票，騰出一個晚上來看我們的東西？現在，大家都想香港的藝術節目出口，可是，坦白說一句，香港部份藝術作品的水平，還未達甲級標準。故此，找一些『外援』，然後和本地藝術家一起共同進步，這樣，節目水平才變得卓越，有外地市場的競爭力。例如漢堡芭蕾舞團（The Hamburg Ballet），大部份的舞者來自西班牙、意大利、菲律賓、美國、俄羅斯等地，但是，成就和地位仍然屬於漢堡的。」

譚兆民，既是一個藝壇專才，亦是一位管理上將，他從大學畢業那天，便在藝術行政界別打滾。那天，我只花了數十元買來一杯飲品，卻換來 Paul 兩小時的啟發，太便宜了，付出和收益絕對不成比例！

梅廣釗音樂的四個期盼

音樂大師顧嘉煇退休後，要找一個接上的「猛人」，真的不容易，這個人要具備五個條件：有學識、有才華、有修養、有中國人的情懷，更需要有廣闊的國際視野。難找的原因，是這個人和「煇哥」一樣，要好人緣。想來想去，只想到梅廣釗。

梅廣釗在浸會大學畢業後，獲取香港大學的音樂碩士和博士學位。有云：條條大路通羅馬。有些人只走一條路，有些人多幾條路，才抵達羅馬，但是後者的羅馬特別漂亮。梅廣釗和「煇哥」是兩代人，梅有個人風格，但和「煇哥」一樣好學和謙虛，並且對音樂誠懇。梅的音樂歷程很戲劇性，涵蓋中西、古典、流行和現代音樂並和電影舞台有重大關係，這是他獨特的原因。他的作品包括管弦樂、中樂、合唱曲、口琴大合奏、話劇音樂、舞蹈音樂、電視音樂、流行曲、電影配樂等，他更作曲編曲，導演過很多跨媒體音樂會如 2009 年東亞運動會閉幕禮，更是 2010 年上海世博香港週音樂總監等。目前，梅廣釗是香港作曲家聯會主席。

在上世紀六十年代的香港，出了一個受歡迎的喜劇演員，叫梅欣，樣子可愛，演技和唱腔酷似當時的「丑生王」梁醒波，因而有「新梁醒波」的美譽。到了七十年代，香港電影沒落，梅欣

加入了「無綫電視」工作，和譚炳文、丁羽、盧國雄等，成為當紅的配音演員。於 2011 年，他在香港病逝。梅欣的兒子便是今天的音樂大師梅廣釗。

我問他：「你父親如何在音樂上影響你？」梅廣釗答：「我的父親只簡單直接説：做你想做的，追尋你自己的路！」

除了流行音樂界，在香港，「正統音樂」（fine music）的大師，許多來自內地，或是西方背景；要算在香港出生、在香港受教育、橫跨流行和正統音樂的大師，除了陳永華，梅廣釗博士便是表表者。

每天有二十四小時，我猜梅廣釗有二十小時在工作。我常常找梅廣釗幫忙，有時候找他上電台談音樂的藝術，有時候找他為藝術團體提供意見，只要用兩個理由，他都不會推辭：「大師呀，這件事情很好玩的！」、「梅兄，這件事情太有意義了！」而且，無論多忙，他都會抽空協助。「俠骨柔情」，是我對他的敬重。

我和梅廣釗都是藝術中人，我們都有一個傷感的共同點：眼前的工作，許多是為了生活或是人情世故，未必是我們的理想；但是，想做的項目，可滿足生命意義的，卻又往往抽不出時間來實現。我和梅兄常做夢，為香港帶來一個本地的 rock musical（搖滾音樂劇），最好如上世紀七十年代《萬世巨星》（《Jesus Christ Superstar》）；可惜每次都是嘴巴説説，因為他的工作，總是編排到兩年之後；而我除了法律工作以外，目前忙於研究香港編劇鼻祖唐滌生的一生，兩人的「課餘時間」都花光了。

人到中年，有兩種心態，有些是「埋單」格，甚麼都不幹，安詳等待晚年；有些是我和梅兄這一類，叫做「老馬有火」，背

城借一，想做幾件好事才告別。問梅廣釗：「你還有甚麼火？燒出來吧！」他大笑：「好像太貪心，我有四個期盼，能夠實現，不會是我個人的力量，但我一定會參與，這些期盼，都是為了香港的正統和流行音樂未來的發展。」

「香港目前最弱的一環，是音樂專業人才的培養和承傳，現在的中學和大學提供了音樂課程之後，整個社會便沒有離校教育，除非我們只是把音樂視作修身或自娛，否則如音樂被視作專業發展，則唸完學院課程以後的音樂路，它必定和商業運作離不開，而商業運作便是供求決定市場，優秀的人才有市場，缺乏水準的自然被淘汰。以往，我們靠『一面做、一面學』的『紅褲仔』制度，不足以培養足夠的一流音樂專業人才。現代社會，凡事以『專業』為先，故此，提供在職的學習，特別是給一些已有音樂工作經驗的年輕一輩，至為重要。」

「刻下，小朋友到了中學，學校才鼓勵他們學習樂器，這太晚了。如要出現優秀的專業人才，台下的浸淫時間，和台上的水準往往是相連的：小朋友愈早選擇一種樂器來培育才華，則成長後的音樂發展會愈好。我希望香港的小朋友，能夠在 5 歲之前，便鼓勵學習樂器，早點發掘他們對樂器的興趣，這樣，我們的人才庫便豐富和優化起來！」

「第二，在大學以外（因為大學是另一種教育系統），成立一個獨立運作的『jazz music institute』（爵士樂專業學院），這機構在政府的資助下，由音樂專業人士共同監督運作，但是，所招收的學生不是普通人，是唸完正統課程、或有經驗的音樂人。為甚麼我挑 jazz？因為 jazz 在正統和流行音樂之間、古典和現代

音樂之間、群體和個人音樂之間，它剛剛站在中間，小眾會接受，大眾也會接受，所以，要好好運用它，才會為香港的音樂工業和經濟，提供實實在在的助拳；否則，就算在政府資助下，我們天天搞表面的音樂活動，亦於事無補。」

「第三，盼望香港能夠出現一個『音樂師友沙龍』（Mentor and Mentee Scheme），我們業界的老朋友，用『以一對一』的古法，專職帶領一個唸完音樂系，茫然不知所向的年輕朋友。大家亦師亦友，在他入行的初期數年，指點迷津，並提供人際網絡，帶他去不同的平台，讓別人認識。再者，這一對『師徒』，或許可以『老少合體』，變成音樂拍檔呢！」

「最後，便是關於中樂方面，在剛才我說的『學生學習樂器計劃』中，如果小朋友挑選冷門樂器，應該得到額外資助；而關於中樂方面，亦要提供專業培訓，我們應該集中在四方面的基本功夫：（1）『吹』（blow instruments）例如笛子、（2）『彈』（plucked string instruments）例如揚琴、（3）『拉』（bowed string instruments）例如二胡、（4）『打』（struck instruments）例如鼓。」

我認同：「對，香港人很多認為中樂不夠『潮』，有些『萌塞』家長，更認為孩子們玩中樂，會『窮死』一世。」

梅廣釗接着：「顧嘉煇大師成功的地方，便是把流行音樂加入中樂，於是有香港特色，吸引全球聽眾捧場欣賞。所以，任何解決藝術問題的方法，先要大膽立新，然後，在改善後，一步步的培養出『內容』和『人才』，才會見到秋天的黃金收成。」

和梅廣釗大師交流，如在沉悶的香港藝術天空，猛然來了一

個溫柔的響雷，大家沒有受怕，反而望着電閃卻沒有下雨的黑夜，聽到一曲充滿期盼的交響樂：曙光在勇氣，成績來自水滴石穿，政府要有「由上而下」的破舊思維，來日香港才會更美好，才會平復今天年輕人對前途的不滿。

Joe Junior 給年輕歌手十個貼士

有些人看不起歷史，或不看歷史，更看不起老人家，說那是「古老」。但是，他們錯過了兩者所蘊藏的智慧。難道你每天早上起來，看看手機、留意社交媒體說些甚麼、朋友輩說些甚麼，盲頭蒼蠅遇上談論冰雪的夏蟲，不分析反省，可以有獨立思考？

有一個長輩：上世紀六十、七十、八十年代至今，還站在台上唱歌，唱了五十多年，而且精神奕奕、充滿智慧，是怎樣的一個人，才有這種本領？Joe Junior 輕鬆地答：「只要喜歡一件事情，便沒有難度。」

Joe Junior，又叫祖尊尼亞，在香港長大的葡萄牙裔歌星。他在聖若瑟書院唸書，不懂葡文，比起你我還「香港仔」。他在六十年代出道，樣子英俊，俘虜千千萬萬的女歌迷，是當年的灼熱巨星，他的一首名曲《Here's a Heart》紅到國際；近年，還出了兩張唱片叫《Timeless Memories》和《Timeless Memories II》。我很喜歡「timeless」這個字，卻不是它的一般解讀「永恆」，我愛稱它為「無時空」：前世、今生、上輩子、下半生、去年、今夕……不用搞清楚時空。從外國酒店的被堆爬出頭來，不知何年、何月、何地，那感覺爽死。最近，Joe 的歌曲還上了

Spotify，這個人，文質彬彬，其實挺潮爆，生命永遠淘汰不了他。常常在太古城見到他慢跑，氣也不喘，勇往直前。

六十年代，在香港大紅大紫的歌星，能夠走過數十個寒暑，到了今天仍然活躍、擁有地位和大量樂迷的，女的應該是徐小鳳，男的算是 Joe Junior。

Joe Junior 出道初期，是「番書仔」，只有十來歲，他一面唸書，一面和朋友「夾 band」，樂隊叫「The Zoundcrackers」，每逢週末，他們在尖沙咀的一家夜總會表演。1966 年，有一位音樂人，在中環的大會堂舉辦流行音樂會，主角是英國的當紅樂隊，叫「The Searchers」，這音樂人正要找一隊本地的樂隊助興，他覺得 Joe Junior 唱得很好，於是邀請他們五人去做演唱會的嘉賓；恰巧鑽石唱片（Diamond Records）的負責人也看了他們的表演，驚為天人，立刻為他們出了一張唱片叫《Once Upon a Time》，樂隊於是紅了起來。在 1967 年，鑽石唱片再為他們錄了兩隻「A Go Go」（阿哥哥）跳舞節奏的歌曲，依然受歡迎，可惜隊友們有一個要移民，另一要回馬來西亞老家，結果，Joe Junior 只好另組一隊樂隊叫「Joe Junior & Side Effects」，於同年的 11 月，出了一張唱片，裏面有一首歌叫《Here's a Heart》，弄得香港當時的青年男女歡欣若狂，它在香港電台的歌曲榜，雄霸了七個星期的首位。Joe Junior 對我說：「哼，就是這樣，我從 1967 年開始唱這首歌，唱到現在 2019 年，還是有人要我唱下去！」

過去數十年，Joe Junior 出了 18 隻 45 轉唱片、七隻黑膠大碟、八隻 CD，和踏上數以千次計的舞台台板。

能夠和這位秀出班行的前輩聊天，當然要代表年輕人向 Joe

Junior 施展「吸精大法」，問他成功之道，前輩説話要言不煩。下面「拳拳到肉」的問答，對今天流行歌壇的年輕歌手，尤其有用：

問：歌星如何唱好一首歌？建立個人風格？

答：遇到一首歌曲，便認真地思考，真的喜歡這首歌嗎？覺得這首歌好嗎？如果有懷疑，便不要唱，因為自己都不相信要做的事情，便無法成功地演繹歌曲，或唱出感情去打動觀眾。

問：唱了數十年，為何依然每次上台表演都這般棒？

答：勤力、勤力、勤力。所有事情都要經過最初的磨煉，找出了方法後，便是不停鍛煉，工多藝熟。每次表演，嚴謹的歌手一定會戰戰兢兢地準備多時，Diligence is the mother of good fortune。

問：對不起，以你的年紀，為何在台上精力充沛，仍是「勁度」十足？

答：好的歌星，要經常運動。唱歌是體能工作，想想，兩個多小時，在台上又唱又跳，還要應付事前的大量工夫，必須強健體魄，操好自己的肺腔，不可怠慢。我常常運動、練力、練氣。不過，這些事情，總得要「勤力、勤力、勤力」。

問：差不多五十多年了，你在這行頭，如何屹立不倒？

答：出道時的成功，當然有幸運的因素，但是，往後的日子，我也經過高山低谷。遇到低谷，最容易的念頭便是放棄，如果你不喜歡這份工作（當然不能隨便成為藉口），只好放棄，但是我告訴自己：「我是完完全全地喜歡唱歌的工作，不會有別的工作，比這一份更適合自己。故此，歌手要熱愛自己的工作，在困難中尋找生機，在沮喪中尋找樂趣！」就是這樣，我從來不會討厭過

自己唱歌的選擇；相反，在失意的時候，只會更加勤力，否則當機會突然到來，自己卻沒有水準來吸引觀眾。唱歌不是「工作」，要把它看成終生的「專業」。

問：你如何保養聲線？因為當我閉上眼睛，你的聲音依舊好像年輕人？

答：答案是「紀律」。許多人以為來到娛樂圈，只是「玩玩」，這不對的，歌星比起任何人，更需要紀律，確保自己不會叫身邊的人失望，確保自己要順利完成工作。多年來，我不煙、不酒、不喝冰冷飲品，絕不讓自己的聲帶受到損害，因為聲帶退步，是對不起觀眾。態度決定習慣，習慣便決定你的成績。

問：如何在台上，把觀眾迷住？

答：做歌星的，有所謂「聲、色、藝」，色相只是一時，最重要是「聲」和「藝」，沒有聲音和唱功，誰會有興趣欣賞你。在流行音樂裏，唱功是最要緊的一環，歌星要唱出歌曲的「感情」。感情，便是能夠感動別人的演繹方式，不要模仿別人，那是別人的感情，不是你自己的；更不要用一些花巧的歌唱裝飾，希望別人以為那是感情，聽眾是會看穿的。要真真實實地了解一首歌曲的音樂和歌詞，用你的感覺和回憶，一字、一字地問自己如何處理輕重、快慢、高低？

問：數十年了，還有一大批歌迷追隨你，你是如何把他們留住？

答：我時時在想，別人稱一位歌者做「superstar」，不過只是某年某刻的現象，很快變成假象，沒有歌星是聽眾非愛不可，而「超級巨星」往往只是宣傳字句。歌星和歌迷的真實相處，應

該猶如「朋友」，朋友的關係，才是永恆的；一位好朋友，可能不常常見面，但是，你會驀然想起他，想去探望。試試用這一種方法，真心真意，不慍不火，把歌迷視為朋友，歌迷是會感受到的，日子久了，那份精神上的交往，是悠悠不變的。

問：歌星如何在市場「定位」？

答：歌唱市場，有大有小，有時候，想大卻變小，想小卻變大，很難由一位歌者自己決定的；歌者可以做到的，便是要挑一些自己喜歡而又自信可以演繹得好的歌曲來唱，久而久之，便會出現一個方向。好像我，自問中文歌曲不是我的強項，除了玩玩、錄過兩首廣東歌曲之外，我一向專注英文歌，也不會隨便說要突破，唱一些「強自己所難」的歌曲；就是這樣，數十年來，「英文金曲」，便成了我的定位。定位需要時間和耐力，不能操之過急。

問：香港的音樂人和歌星，經過八十、九十年代的高峰，如何在低潮的今天，東山再起？

答：以往，音樂是「大眾市場」；未來，它會是不同的「小眾市場」，所以，不用遷就你心目中以為存在的大眾市場，其實無論哪類「歌種」，只要你唱得好，就會有知音人。歌星要不斷磨煉自己，把唱歌的短片放上 internet，把知音人一個又一個地維繫。互聯網是跨城市、跨國家的，終於有一天，時機到來，會跑出一個香港樂壇的再風光。但是，如果大家沒有努力，只是草率地弄些沒有水準的東西，誰又會在意香港呢？正如六十年代的香港，我們很努力，有些樂隊的水準，媲美世界級，別人便會關注香港的音樂。

問：一個歌手如何自處？

答：唱自己喜歡的歌、做自己喜歡的事情、保持自己的最佳狀態，不要想太多，也不到你去想，交給命運安排你餘下的路。

Joe Junior 在 11 月，會有兩場演唱會，分別在沙田及中環的大會堂。我先睹為快，看了他 9 月中在荃灣大會堂的演出，非常感動：金曲當中，我喜歡的是《Too Beautiful to Last》和《You Raise Me Up》。

香港可貴的地方，是中西文化在這小島，一百年以來，徹徹底底地融和，然後這融和傑作，又再發揚光大。在 Joe Junior 的演唱會，台上的歌手都是講廣東話，可是，全場唱的，卻是地地道道的西方歌曲，而且，閉上眼睛，還以為是一批外國人在台上演出。

陳健彬回憶香港藝術發展的四個階段

嗨，KB 退休了。

KB Chan，陳健彬今年初剛卸任香港話劇團行政總監，他德高望重，但是心境年青，非常能幹、進取、風趣，他見證了香港

話劇團的茁壯。香港有句話「家中有一老，猶如有一寶」，KB 是話劇界中的字典，有事情問他，必給你坦白和精闢的意見。KB 退下火線，我們依依不捨。

和 KB 喝茶，問：「你是如何入行的？」他說：「我在路德會協同中學畢業後，進了中文大學，1970 年，去玫瑰崗中學教書，與也是在那裏任教的中大書友蘇彩妍結婚，她是業餘話劇『發燒友』，是她影響我喜歡話劇的，但是『兩公婆』一起工作，始終不太好，於是，在 1977 年，我申請了政府職位，當時月薪是三千多元。我負責政府的『戶外娛樂事務』，例如亞洲藝術節、中秋綵燈會、夏日聯歡節、公園球場的夜間文娛表演等工作，當時，我隸屬市政事務署，我的『老闆』是陳達文（他是香港著名法律學者陳弘毅的父親），他是香港藝術界的教父。因為那時候，沒有人會覺得文化和藝術對一個『忙於搵食』的香港社會有甚麼好處，但是，陳達文不斷在政府內部爭取，想出許多新

猷，推動文化藝術，他認為一個城市沒有文化藝術，便沒有了靈魂，回想起來，他的工作是充滿汗水。在 1979 年，陳成功爭取到把隸屬康樂市容科（Recreation and Amenity）的娛樂事務組（Entertainment Section）撥歸他旗下的文化事務科（Cultural Servicers Division），他問我想留守戶外康樂工作，還是嘗試做文化的事情？年輕的我在想：既然有新挑戰，而且又是喜歡的藝術工作，何妨一拼，於是答應了調換職系，由康樂市容主任變身為文化事務副經理。這個決定，改變了我的一生！」

KB 喝了一口茶，再說：「其實每個社會的巨變，可能是『大環境』的改動所造成，此外，便是一些有理想、有能力的人所闖出來的革新。在七十年代的香港藝術發展，除了有陳達文這個舉足輕重的有心人之外，還有兩位關鍵人物，他們是港督麥理浩（The Lord MacLehose）和掌管文化康樂事務的『市政局』（Urban Council）主席沙利士（Mr. Arnaldo Sales）。那時的殖民地政府，還是外國人的世界，單憑陳達文一個本地官員，實在弄不出平地風雷，沙利士是陳的領導，他認為文化藝術比經濟同樣重要，政府應該大力推動，於是他支持陳達文，克服反對聲音，排除困難，例如在 1977 年，成立職業化的『香港話劇團』（Hong Kong Repertory Theatre）及『香港中樂團』（Hong Kong Chinese Orchestra）。」

我好奇：「那和 1971 至 1982 年出任香港總督的麥理浩又有甚麼關係？」KB 答：「由於香港只是英國的一個小小殖民地，在麥理浩之前的總督都比較『短視』本土文化，沒有甚麼鴻圖大計，但是麥是一個非凡的政治領袖，他為香港各方面設計了十年計劃。

他認為香港要成為一個國際大城市，便必須要有優良的文化場館，於是，他增撥資源，啟動往後十年的文化場館建設，讓香港各區擁有自己的文化中心，例如 1980 年的荃灣大會堂及後期的香港文化中心。最重要的是他認為要成立一所專上藝術學院，香港要培養自己表演藝術如話劇、音樂、舞蹈等人才，於是，他籌建『香港演藝學院』（The Hong Kong Academy for Performing Arts，簡稱 APA），終於在 1985 年落成啟用。APA 對香港表演藝術的發展居功至偉，因為沒有人才，怎樣發展藝術呢？在七十年代，大眾心目中的文化藝術只是看電影，其他亞洲國家都不會重視『藝術』，而麥理浩能夠快人一步，高瞻遠矚，用個人意志去推動社會的改變。你想想，香港在同一時期，竟然有麥理浩、沙利士和陳達文這三位核心人物，堅決地推動香港的藝術發展，你說是不是因為『人』的因素，讓香港交上了好運。前人種樹，後人乘涼。這樣發展當然也離不開政治上的考量。」

我問：「當時推動文化藝術的手段，是否『硬件帶動軟件』？」KB 回應：「對，我超過 70 歲了，絕對有資格回頭看，香港的文化藝術發展，可以分為四個階段：（1）七十年代『孕育期』：即政府利用場地建設，例如香港文化中心、紅磡體育館等硬件，帶動軟件（即藝術活動項目）的產生。（2）八十年代『專業期』：香港早期的文化藝術活動，都是由一些業餘愛好者所帶動，難成大氣候，在八十年代，政府協助許多職業藝團的產生，例如香港舞蹈團、中英劇團、進念二十面體等，專業藝團的出現，讓香港的藝術水平得以提升。（3）九十年代的『主流化期』：在 1995 年，政府成立了『香港藝術發展局』（Hong

Kong Arts Development Council，簡稱 ADC），這點非常重要，因為藝術系出多門，例如文學、音樂、戲劇、視覺藝術等等，鬆散地存在於不同的圈子，ADC 的出現，可以把不同範疇的藝術家集中起來，有策略地推動發展方向。以往，文化藝術好像只是社會的『裝飾品』，ADC 的成立，把文化藝術成為政府的主要工作之一，這便是『主流化』（main-streaming）。」我說：「KB，那麼今天的階段？」KB 想了一會兒：「我相信『藝術市場化』（art economy）和『香港藝術出口』（art export），會成為將來推動藝術發展的議題。香港藝術的發展，不能夠主要依賴政府，如是這樣，則藝術便缺乏自身的活力，而且，如果藝術活動能夠產生收益，則未來，香港的文化動力和地位便更強大。香港只有七百萬人口，太少了，很容易被『邊緣化』，如果香港的藝術產業不『出口』、不擴大版圖，只是在港島、九龍和新界三區，『塘水滾塘魚』，則削弱香港藝術的水平和影響力。我覺得目前的急切任務，是如何吸引更多受眾關心香港的藝術活動？如何把香港的藝術節目，推展去鄰近的地區？」

我接着說：「前輩，策略應該是怎樣？」KB：「各區要不斷多建一些有重點、有性格（identity value）的文化藝術中心，『硬件帶動軟件』，和『項目帶動人才和內容』，這兩個策略不會錯。此外，政府應該設立更多不同目標的基金，例如是『優秀作品』為本的基金，鼓勵藝術家申請，讓香港有『藝寶』和『戲寶』的出現，填補一些目前措施的不足。」

我問：「KB，你是哪年擔任香港話劇團的行政總裁？」KB：「從 2001 年至 2018 年，我其實早於八十年代已在話劇團工作過

十年，職位是高級文化工作經理，當時是公務員身份。在 2001 年，政府把話劇團『公司化』，成為獨立的『不牟利團體』，當時我 54 歲，為了做好話劇團，我提早退休，辭退一碗安穩的『政府飯』，以員工身份，加入話劇團，成為第一任的行政總監（Executive Director）。」

我追問：「那你如何帶動話劇團，成為香港戲劇界的『龍頭』？」KB 滿足地簡述：「我在劇團已有的良好基礎上力求創新和突破。」我回應：「我知道你離開前，為話劇團出了一本回顧過去的書，叫做《40 對談——香港話劇團發展印記 1977-2017》，有興趣知多一些的朋友，可以買這本書看看。」

我說：「KB，最後一個問題，你走過香港藝術的將近五十年，到了這個階段，你有甚麼人生感想？」KB 認真地想：「若可能及有需要的話，我們這些有經驗的，再為業界多做一些事。」

楊雲濤活在藝術的「第三度空間」

　　跑了上海一趟，在虹橋和內地的朋友吃飯，他們的理想是如何在不改變現有環境下，創造未來。回到香港，是另外一群文化人的聚會，他們認為社會要有移山劈石的大改革，明天才有希望。

　　由過去到現在，我都害怕明天。未來是可怕的黑洞，憂慮今天做對了甚麼事情，明天才不會在黑洞裏遇到怪獸？每次為未來打算，都苦於判斷，到底問題多大？自己的能力多大？解決方法的準確性又多大？數十年了，有些路走對，有些走錯，但是，深信不疑的是生命如一場博彩：一點一點的下注，就算錯了，還有機會翻身；但是，如果孤注一擲，釀成大錯，則傷害極大，回頭最難。在妥協現實和追逐理想之間，絕對不是「零和」遊戲，而是如何把兩者合起來，產生「第三度空間」，方案雖不是初心，但亦有後着。在這種不完美中改善現狀、發展未來，是最寶貴的。

　　最近，跟香港舞蹈團的藝術總監楊雲濤聊天，他談到人生、話及香港、觸着藝術，更加強了我對「第三度空間」的看法：推力和阻力，兩者除了對抗，原來可以二合為一，變成新的力量。

　　香港舞蹈團，俗稱「九大藝團」之一，是政府大力支持的表

演團體，它在 1981 年成立，至今演出超過一百齣作品，近期有《風雲》、《倩女 ● 幽魂》、《中華英雄》、《三城誌》等，他們的海外演出，踏足十多個國家和城市。

楊雲濤移居了香港快二十年了，在香港成家立室，生了小朋友，一個 2013 年出生，另一個在 2016 年。他説：「我除了廣東話有口音，其他生活模式，差不多百分之一百香港。我也入鄉隨俗，海外家傭也聘請了，可是，過去在內地的成長，和今天『香港人』的身份，給了我很深的感受。最好玩的例子，是我和太太都是內地人，可是，活生生在我家裏的兩個小孩子，卻是標準『港童』，他們還教我講廣東話，我會問：他們為甚麼是我的孩子？為甚麼不在白族長大？他們未來的心路，和我這背景的爸爸，又距離多遠呢？」我説：「香港人現在好像有兩類，1997 年前已在香港生活的，和在 1997 年後從內地移來香港的，哈，你是『新香港人』，當中有些被視為香港的社會負擔，但是像你這些精英，正為香港作出優秀的貢獻，也為香港創出了『第三度空間』。所以，面對新移民，各有各的情況，真的不應該『一竹篙打沉一船人』。」

楊雲濤説：「哈，我更複雜。雖然我是中國人，但我不是漢人，我的祖先是少數民族的『白族』，我的皮膚是白白的，樣子也不是漢族人。我在雲南的艱苦環境下出世，八十年代，在 11 歲的時候，北京中央民族學院，到雲南招收少數民族的小孩子，去北京接受長期的專業舞蹈訓練。當時，可能我好動、身材比例又適合，被挑選上了。於是，一個還在哭的小朋友，坐進往北京的火車，接受一輩子將要成為舞蹈員的現實，更要學習和來自新疆、內蒙、廣西、江蘇各地小孩子，一起生活的現實。當時，在學校的生活，

永遠是上午跳舞，下午上課，一年只可以在夏天和冬天回雲南老家一次，我感覺自己好像一個『野生小孩』，老早便從泥土裏拔出來，面對不可預測的改變。當時，我不會抗拒，改變對我來說，是肯定的。」

「到了 18 歲，順利考上大學，可是畢業後，舞蹈員的崗位將會是分派的，我可能會在一個舞團老死，我不想未來的舞蹈事業是這樣，但是也不想對抗，於是尋找其他出路。在 1992 年的春節，我沒有告訴老家的爸媽，坐上空蕩無人的火車，望着煙花，離開熟悉的北京，我要去廣州發展；我在想：北京的春節煙花不會因我而改變，但是，下次回來，我要告訴煙花，我找到了生活的美好。」

「廣州當時很雜很亂，是一個花花世界，有許多夜生活，還可以看到香港的電視節目，我參加了廣東現代舞團，工資不高，生活也不好，可是我熱愛舞蹈，而且領導曹誠淵用心培養我們，所以決定堅持下去。」

「到了 1999 年，廣州的現實環境，已到了一個『盡頭』，我喜歡跳舞，但是又不滿現實，只能走出新的空間。於是，我又回到北京，做了一個『自由舞者』，沒有舞團的束縛，容許我自由創作，還拿了一些編舞的獎項。『自由舞者』是現實和理想之間的一個空隙，給我抓住了。2001 年，香港舞蹈團來了北京，第一次招聘國內的舞蹈員到香港工作，他們挑選了我，我嚷叫『太興奮了！我不知道香港的日子會怎樣，但是在跳舞這框架下，給我注入新鮮空氣！』。在 2002 年，我隻身到了香港，頭也不回，把北京的東西，送的送、賣的賣，只帶着媽媽送給我的棉被，而接

機的人，覺得我像丐幫。但是，那是媽媽給我溫暖的禮物，我一定要它陪伴身邊，而且，只要有這張棉被蓋在身上，多麼寒冷的晚上，總會度過。來香港那年，我已經 27 歲，比起其他 19、20 歲的團友，我算是老了，經歷過世情的我，和這些『跳跳紮』的小鬼擠在一間西環的宿舍，我樂於重新適應。我人生的哲學便是：有部份的現實要接受、有部份的現實要放棄，必須在接受和放棄之中，摸索新的可能，製造新的機會。到了今天，我仍然生活於這個態度、這種狀態，這一種擺平好壞的方法，成為自己生命的信仰。」

「2005 年，我 30 歲了，已經是香港舞蹈團的『首席舞者』，也拿了許多獎，但是我決定換換環境，去 CCDC（城市當代舞蹈團）闖闖。CCDC 沒有『首席舞者』這個位置，我只是一個普通舞員，人工也比香港舞蹈團少了一半，但是，我不想『停』下來，我要在現實這四面牆之中，找到新的空間。當時，除了香港舞蹈團，最有規模的，便是 CCDC，在那裏，我參與了舞蹈創作和教育的工作，我觀察大師如黎海寧是怎樣編舞的。CCDC 容許外面有其他工作，於是，我參與了香港舞蹈團製作的一齣音樂劇《邊城》中兩位編舞之一的工作，反應很好，《邊城》讓我真真正正地建立地位，也開始薄有名氣。」

「到了 2007 年，香港舞蹈團招聘助理藝術總監，這可能是我另一個事業的機會，於是我申請，獲聘了。在 2011 年，我去了美國進修，在那裏，沒有人認識我，以往的光環不再，人也自覺渺小，只能在接受和適應中，尋求自己的價值。而在 2013 年，香港舞蹈團把我提升為『藝術總監』，就這樣，我便留在香港舞蹈團至今。」

第一章
藝訪

我大膽追問：「雲濤，你還在尋找新的空間嗎？」他認真地說：「面對現實，總有妥協的部份，我在香港建立了家庭，也有小朋友，他們在這裏唸書，如果我再往外面闖，是不現實的。所以，總要學習滿足於現狀，我在香港，在一個藝團的高高位置，我的未來天空，便是如何把藝團和自己的藝術水平提升，在限制當中，創造理想。」

我再問：「你喜歡香港嗎？」雲濤答：「如所有現實，總有好的和不好的。例如香港地小人多、生活急促、嘈雜繁亂，這是不好的一面；但是，我們的社會，是自由和開放的，我們香港人接受四方八面的動力，又讓這些動力改變自己，而自己又把新的動力輸出去。香港又中又西、既老且新，可傳統又可前衛的生活方式，是全世界獨一無二的。」

雲濤舞動手指：「我覺得活好生命，有三個層面，第一，明白大「形勢」，當形勢比人強，有些形勢是個人不可逆轉的；第二，便是在形勢的限制下，找到個人的大『方向』，例如你喜歡做研究的、從商的、搞藝術。做人，一定要知道自己在生命裏，想走哪一條路，不然，便會渾渾噩噩；第三，便是『努力』，雖然有了大方向，你只是忙於想着明天怎樣？過多的『怎樣』其實於事無補。我常常和身邊的朋友說：『今天做得好，明天會更好；今年做得好，明年便更好。』雖然現實是個命運，但是智慧和努力是改變命運的手段。而智慧不單是對抗，而是在接受現實下，如何找尋第三種可能。內地人面對改變，往往說『沒事，沒事』，香港人喜歡說『大件事，大件事』。」

我問雲濤：「未來你會如何為香港的舞蹈藝術貢獻？」他笑

着：「我每天都在努力，嘗試着不同的東西。內地的舞蹈，強調『共性』，一大群舞者在舞台，整齊地一起舞動，產生壯觀和悅目的視覺效果，可是，我們香港要強調『個性』，要避免舞台上有『財大氣粗』的感覺，但是，同時也不要讓觀眾覺得舞台上的我們只是東施效顰。我希望香港的舞蹈，在國際上代表着某種精神面貌、某種文化底蘊、某種藝術選擇。」

感謝雲濤，他讓我想起當今出色的希臘舞師 Dimitris Papaioannou（大家有沒有看過他最近在香港文化中心《偉大馴服者》〔《The Great Tamer》〕）的演出？他說：「我任由自己暴露在混亂和不安之中，因為現實就是如此……不過當我經歷愈多，愈發現『控制』是不可能的，有時候，控制更是不必要。學習游泳，總比學習控制海洋容易。」我也想起歌德（Johann Wolfgang von Goethe）另一句話，他說：「Few people have the imagination for reality.」朋友，人生沒有最好的年代，也沒有最壞的年代，更沒有最後的年代。在現實和理想、失望和憧憬之間，總有第三扇門。

《桐城縣志略》記載清代康熙年間，有兩家人，張宅和吳宅，他們因府邸之間的一幅牆而大吵起來，結果，雙方把牆各退讓三尺，兩家之間便空出了六尺，成了一條方便自己，也方便路人的巷，後稱「六尺巷」，並立牌坊。在社會和藝術兩方面，我們香港還可以有六尺巷這「第三度空間」嗎？

Fabio Rossi 教香港人買畫投資

　　Fabio Rossi 是香港 art dealer（這個名詞，目前所有翻譯都詞不達意，「art dealer」不只是經紀，也從事藝術品買賣，但又兼有顧問成份，某方面來說，亦像藝術家的「保姆」）界別，大家認識的名字。

　　Fabio 是意大利人，1963 年出生，家裏從事藝術生意，由七歲起，他便常常陪家人來亞洲各國，如印度、中國、日本等，只要有藝術的地方，他都留下腳印。Fabio 說：「噢，有時候一年要來香港幾次！」

　　1983 年，他去倫敦唸 School of Oriental and African Studies，學士畢業後，再唸藝術考古學。在亞洲藝術方面，他是著名的專家，特別是 Himalayan art（喜馬拉亞山民族藝術）。

　　1986 年，他和媽媽在倫敦開了畫廊 Rossi & Rossi。2011 年，Rossi & Rossi 在香港開分店，他的太太是在紐約認識的香港人，小孩子是半個中國娃娃。Fabio 說：「許多外國人喜歡香港，因為香港是真真正正接納外國人的一處地方，它在亞洲的中心點，飛去其他國家參與藝術活動都容易。」

　　他說：「香港是發展成為藝術之都的好地方，可惜，香港人甚麼都有了，就是不懂尊重藝術！」我想了一會：「中文『尊重』

這兩個字，意義比英文『respect』來得更深。在藝術方面，『尊』代表大家應該崇尚；『重』代表大家重視。可惜在香港，藝術只對有文化的人才有說服力，因為藝術並不是如吃和喝或衣服般，是必需品。有些香港人對藝術不聞不問，就算沒有靈魂，也可以活下去。」

我解釋：「香港人只愛吃，生存在感官世界。我有些朋友，月入一萬多元，卻常常吃那些『廚師發辦』（Omakase），兩個『打工仔』動輒二千多元埋單，有點過份；有些人飛十多小時，便是為了吃一家著名小館，不知道為了自己吃，還是 Instagram 要吃？看那些旅遊雜誌，每期都叫人去日本、韓國、台灣⋯⋯撲東跑西，不看風景，卻為趕去品嚐咖啡糕點，真的本末倒置，『妹仔大過主人婆』。如果這些人拿十分之一的精力，去追求藝術、豐富靈魂，多好！」

我問：「Fabio，你是 art dealer，也擁有畫廊，藝術能夠賺錢嗎？」Fabio 說：「接觸藝術，不應該有『寶藏獵人』（treasure hunter）的想法，應該是『探險家』（explorer）的態度。欣賞藝術品的表象時，也要探討它的背後意義，再思考文化的歷史和現處，對比自己今天的人生。愛藝術的人，氣質和智慧，和別人會不一樣。」

Fabio 繼續分析：「但是，在物質過度膨脹的今天，尊重藝術的人仍是少數，藝術品的交易數量並不如商品般多；故此需求有限，交易自然不多。看到一幅畫，要先問自己『喜歡它嗎？感情上，會突然觸動嗎？買了這東西後，會對我的生命加添意義嗎？』，我叫這做『改變生命的價值』（life transformative value of art），而不應該緊張它將來再賣出去，藝術品的『市場交換價值』（market exchange value of art）。這裏，我想強調兩點：藝術喜好，是很個人的，不像一粒鑽石，它有客觀的價值鑑定，有些你愛死的藝術作品，別人會討厭；第二，藝術也有潮流的，今天的風格，可能十年後，已被買家冷落。故此，很難準確預測一幅作品將來的受歡迎程度。」

我故意挑起談話的趣味：「可是，很多人羨慕有些藝術品被拍賣時，升值一萬倍、十萬倍的風光。」Fabio：「購買藝術品，通過殷實的畫廊，是最好的方法，畫廊是專家，會為你判斷甚麼價錢是合理。而且，畫廊去問價，避免了炒賣成份；當然，有些作品是絕世奇珍，只能夠通過拍賣去獲取它。」我回應：「有些拍賣的參與者，為了抬高藝術家的市場身價，會故意高價競投，雖然，表面是有人多付了，可是他的其他藏品因此升了值，暗中得益。故此，這些藝術品的『公開價值』其實是有問題的，不知底蘊的人跟隨，隨時入了貴貨，投資失利。近來，有些藝術品的拍賣價錢，對行內人來說，絕不正常，還非常古怪。」

Fabio 說：「這股不良之風，亦影響到專業畫廊的經營，有些人以為畫廊是協助藝術品炒賣的地方，於是，畫廊只好售賣一些所謂『有價有市』的藝術品給他們，有些畫廊屈服於市場，變相成為投資經紀，未能執行一家良好畫廊的三個『天職』：協助一些有潛質，但未成名的藝術家，向外展示他們的優秀作品；第二，我們要教育買家，用內心來真真正正去欣賞一件藝術作品的精神意義；最後，畫廊更應策展一些精彩的展覽，讓市民免費參觀，向大眾進行藝術教育。」

我絕對贊同：「愈來愈多良莠不齊的拍賣行大力宣傳投資藝術品會『發達』，大家真的要小心，這些拍賣的『後真相』（post-truth），其實是一大堆謊話。」

Fabio 的助手 Charles Fong 是二十來歲的年輕人，爸爸是香港人，媽媽是台灣人，自小在台灣長大，幾年前，來了香港大學唸書，然後進入了藝術行業，他説：「如果不用工作，我會選擇台灣的生活：空間大、步伐慢。但是，如果要工作，香港還是年輕人的機會之都，因為它是國際城市，四方八面的機會都有。不過，香港的人才亦多，如果沒有實力，在香港生存，委實不容易，我明白有些年輕人的不滿，但是公平競爭，不用拉關係，也是香港美麗之處呀。」

Charles 頓了一頓：「我很喜歡日本有些『industry-only auction』（行內人拍賣），它不像目前的拍賣會，外面不懂藝術的人也可以參與拍賣，只要有錢便入場；其實，歐洲的古董行業，從 17 世紀開始，已有這種『行內人』的拍賣，好處是『行內人』都是熟悉藝術的專家，不會為了賺快錢而傷害商譽，所以拍賣的結果，價錢合理，比較可靠。」

我補充：「藝術品的價值高低在乎四個因素：作品的稀有程度、藝術家的地位及名氣、藝術技巧和創意、藝術風格的受歡迎程度。一幅作品，要具備這四點，談何容易，一萬件作品，未必有一幅可以跑出來，那些用了數千或數萬元買來的作品，難以想像它將來會變成數十萬元以上的珍品。」

Fabio 説：「藝術投資者的心態，要像一個收藏家（art collector），東西是用來收藏，可能只買不賣，而每個成功的畫廊，

手頭必須有一群志同道合的收藏家，大家一起享受追求藝術的樂趣，評估藝術市場的走勢，那才是如魚得水的結合。」

Charles 贊同：「科技進步，以上所説的畫廊和顧客的關係，已毋須實體接觸，因為有些已把活動搬了上網，而網上畫廊在社交媒體把作品銷售，不再是天方夜譚的事情。」

Fabio 點頭：「對，在香港，『線下』經營畫廊愈來愈困難，因為租金貴，每個月交投量又不多，常常擔心，故此，如果不是家族經營這一行業久遠，加上我數十年的經驗，我也會跟許多中小型的畫廊一樣，慘淡地面對藝術買賣行業的 dichotomy（兩極化）：國際級的拍賣行佔據市場的一角，另一角是國際級的大畫廊，中小型的卻在兩者之間，浮浮沉沉。」

我開玩笑：「有一天，你倘若結業，怎麼辦？」

Fabio 比我更會開玩笑：「我會和兒子説：『如果爸爸賣食品，留給你的都沒有用，但是，今天爸爸不幹，會有大量藝術品留給你，將來，你仍有機會為家族『翻身』！」

最後，我問 Fabio：「我們應該買香港藝術家的作品作為投資嗎？」Fabio 認真地説：「坦白説，從世界水平來説，香港藝術家的認受程度，真的不及內地及台灣，但是，『香港人愛香港人』，我仍然努力，多些培養本地藝術家；不過，隨着社會文化素質改善，香港愈來愈多出色的藝術家。我希望十數年後，我們可以和兩地分庭抗禮吧，而本地藝術家如李傑（Lee Kit）也不用跑去台灣發展。」

有一件事令 Fabio 更焦急的，他説：「國際畫廊，未必看上本地的藝術家，本地畫廊當然樂意支持本地藝術家，奈何資金又

並不充裕，希望香港政府可以改變一貫『政商不合作』的態度，多些資助我們這些中小畫廊的『非牟利』（non-profit）藝術活動，讓我們可以推廣一些本地的藝術家。我們雖然是商業單位，但是，為何政府的概念仍以為商人舉辦非牟利活動，一定是背後有商業利益，這種想法，阻礙了民間和政府合力推動藝術發展，政府常常期待藝術界出現 NGOs（非牟利團體）推動視覺藝術（visual art），但是，當 NGOs 未能有力推動時，整個視覺藝術的發展，便阻遏下來！」

官商合作，好處是如虎添翼，而壞處會否如民間常常指責政府的所謂「官商勾結」，你的看法呢？

鄭天儀分享做文青四大條件

　　從前，把喜歡文化藝術的青年人，捆包為「文藝青年」。他們愛看雜書、聽音樂，最好還要戴眼鏡、身材瘦削，才配稱「文藝青年」。我的師公劉天賜是上世紀七十年代文藝青年，他們那一代，穿「菊花牌」白背心、格子長睡褲、在家「蛀書」。21世紀以後，用詞發生變化，出現了一個叫法──「文青」。不知這名詞是否從台灣或內地吹來，或是網絡潮語，文青的要求也提高了，除了熱愛文化藝術，更需要有獨特性格、氣質、生活方式，例如拒絕跟隨潮流、探求次文化、有個人的志向和品味，當中更有些只穿 organic cotton、支持「維根主義」（veganism）、維護動物權益。「文青」已成為一類「人種」的指數。

　　「文青」英文，常被翻譯為「hipster」，有點不對，文青不會跟風；有些人翻譯為「art buff」，只指藝術，好像太窄；如說「雅文化」「high culture」又未必全是他們杯茶；「俗文化」（popular culture）只是他們偶爾接受的東西；他們其實是介乎「次文化」（subculture）和「反文化」（counter-culture）之間的組群。我喜歡的翻譯故此是「non-mainstream buff」。

十多年前，當「文青」這名詞漸現，香港已有一位少女叫鄭天儀，唸新聞系，大學時候，在《東方日報》兼職做財經翻譯，當了七年財經記者後，轉往《信報》，全職負責文化報道工作。這女子前世和書本「有仇」，一天到晚跑書店，除了「大路」的天地、商務、Page One、HMV（大家可記得沙田新城市廣場的HMV唱片店，它有「書籍」一角，那年代多浪漫），她還喜歡跑「隱世書店」，大業藝術書店便是她喜愛的，那時九龍和中環陸羽茶室旁邊都有分店，最後只剩中環樓上三樓舖。Tinny（鄭的洋名）以往在大業打書釘，甚麼兵馬俑、三星堆的書都看，她膽大生毛，有些書明明封住，她竟叫老闆張應流打開給她看，張老闆最初曉以白眼，但是日子久了，被 Tinny 愛書的誠意打動，變成好朋友。

2018 年，張老闆和 Tinny 説：「我年紀大了，要退休，現在只剩下中環店，也不想幹，你會否頂讓下來經營？讓我七十年代至今的心血不用白費。」剛巧，人馬座的 Tinny 想改變生活，她離開了報館創業成立文藝平台「the Culturist 文化者」，她和丈夫「鼓起勇氣，騎上虎背」，在 2019 年 3 月，正式接手大業這間藝術老店。至今，經營很不容易，因為港人愛吃喝玩樂，喜歡看書的人已經少，看藝文書籍的人更少，經營不到數個月，便遇上香港的社會動盪，雪上加霜，有心人應該支持一下。

我問 Tinny：「我認為你是香港的典型文青，你對『文青』這名詞的感覺？」Tinny 大笑：「真的嗎？你説我『堅離地』、消費水平低吧！」我回應：「連我都討便宜，叫自己『佬文青』，當然不會是貶詞。」Tinny 認真起來：「唔，對我來説，『文青』是一個和財霸主義、消費主義、反智潮流對立的另類小眾，『文青』

是庸俗化的一個文化群組。」

　　我煞有介事：「好，為你設題，做『文青』有哪四大條件？」Tinny陪我瘋癲：「他要喜愛活於『紙』、『筆』、『墨』、『字』的世界，那些整天拿着電腦和手機按上掃下的，就算為了閱讀，只配叫做『網友』，他們不算文青，文青不會迷上這些沒有溫度的科技產品。」我失笑：「絕對明白，我處理律師的工作，可以接受電腦，但是寫起文章，我要一枝筆和一張紙，然後，畫畫似的，墨水通過字狀的圖案，滲到薄薄的紙張，還加上marker筆的顏色，渾然天成，才可盡情思考。」Tinny開玩笑：「那叫造『墨』弄人。」我調皮：「是電腦年代的『墨』極必反吧。」她接着：「我愛摸着紙張，一頁頁地去感覺，如游刃，也如游泳，感受到筆和字句的呼吸，從這股氣息，創造出新的生命力，例如可把文字重塑，『肌理』一詞，便是我玩出來的。它代表『道理』和『秩序』。電腦和手機最大的問題，是程式化，就算它出現的介面（interface），亦是固定的格式，你看，一本書的封面，和手機的一張照片，感覺是差天共地的。例如我想起村上春樹寫過的文字，回憶總是那本書某頁的影像，但是，如果你用手機看他的書，你可會記得介面的樣子嗎？」我説：「字、筆、墨、紙，是人類智慧的精子和卵子，可惜現代人愈來愈笨，受制於網上群組，而電腦和手機沒有生命力的排版，無法提供上述智慧的交合；手機發出的電波，更會傷害腦部組織。」Tinny和我不謀而合：「近數十年才出現的數碼機器，把人類三千年的閱讀文化毀於一旦。」

　　我開始新話題：「第二個條件？」Tinny早有預備：「談談人生和消費態度吧！文青追尋是『物質』所滿足不到的『非物質』

願望，例如買東西，文青不會以名牌、流行程度，或『朋輩擁有而我沒有』等等『凡俗』因素，去決定是否購買，他會回歸基本，問自己：這東西有價值嗎？會影響別人（例如那些誇張的『自拍棍』）嗎？會影響地球（例如有化學成份的東西，泥土根本不能『消化』）嗎？有心靈溝通嗎？我自己很喜歡『手作』製品的感覺，那粗糙卻安詳的美麗，是難以形容。文青會關心別人，關心一件貨物背後的別人，關心別人所擔憂的事情。」我一唱一和：「說得好，告訴你一個故事：有次，我去買玫瑰花茶，它可以降肝火，見到三個年輕的顧客，第一個說：『給我最好的花茶！』第二個說：『哪一種最名貴？』第三個說：『請問這些花茶是中國哪裏種植出來的？這一種淡紅的，叫甚麼名字？』三個人買茶，她們的教養和氣質，高下立見。」Tinny 點頭：「求知慾也是文青所追求，為了好奇，我們探求許多事情的真相，不只是科學或物質的真相，而是人類思想層面的真相。」

　　Tinny 說到第三點：「文青必須『獨立思考』（independent thinking）。」我有感而發：「有些事情，你急不及待跑去反對的隊伍，以為那就是『文青』，以為『反對面』便是『批判思維』（critical thinking），那便錯了，你只是『偽文青』。獨立思考不是某些『立場』，或某些『結果』，它是一個『兩階段』的思考過程，首先，是一個『分析過程』（analytical process），查明事實，或研究兩方面的觀點，然後是『判斷過程』（judgmental process），根據自己的經驗和智慧，因應眼前的事情，找出一個合理和全面的答案，這才是『獨立思考』，而不是應聲蟲，孔子所說的『三思』，同一道理。很多人憑『直覺』去做一件事，唉！」

Tinny 同意：「例如旅行時，大家一窩蜂去某景點『打卡』，真正文青不在乎打或不打卡，他會獨立思考，這打卡位有何特色？如果我不去打卡，有其他地方更值得去嗎？如果只是為了『人拍我拍』的炫耀，何必呢。」我頑皮：「是呀，年輕人要『型』，為甚麼一定要去看『teamLab』，走進大業書店，形象更佳啦！」Tinny 搭嘴：「那些動輒説甚麼甚麼是『老餅』的年輕人，其實不懂思考，這些人，才不算文青。」我心痛：「有些外國回來的年輕人，以為吸大麻很『型』，沒有想清楚，也不算文青。」

我問 Tinny：「那文青的第四點要求呢？」Tinny 的丈夫 Kelvin 剛為我們泡了一壺好茶，她喝了一口葉香：「應該是包容，那包容是跨個人、跨界別、跨歷史和跨地域的。Internet 是可怕的怪物，它的出現，把人類細分為一個個群組。自此，網絡各有所歸、各擁其位，好像行軍的連隊，大家留在群組，接收『單向』、『分發』或『歸邊』的資訊，不知道外面的世界，黑外有白、白外有黑。日子久了，這些人變得愈來愈封閉和主觀，不知道葫蘆內可以賣不同的藥。我很懷念還沒有電腦和手機的年代，當我們拿起一份報紙，它像是一個寶盒，不同年紀、不同背景、不同口味、不同好壞的內容擠在一起，色情版可以和藝術版同時存在，馬經版便在教育版的後頁，我們沒有排斥，甚麼資訊都留意一下，甚麼角度都了解一下，不必對號入座，或只坐前排。這一種包容，是因為當時媒體提供的光譜很寬，而且是跨界別，我們可以看到 360 度，而不是今天很多人所看到的 36 度！」我點頭：「『小眾化』（minoritization），除了影響現代人的包容程度之外，更影響他們的智慧，因為當接收的東西日益狹隘，加上資訊再不是自

由地尋找，卻是手機通過『人工智能』，天天主動塞進你的腦袋，引導你接受一些單向和偏頗的看法，手機使我們不是更聰明，而是更愚昧。」

和鄭天儀談了一個下午，看到窗外的士丹利街，人來人往，都是營營役役的中環人，「醒目」走精面的人多，聰慧而執善的少，他們有多少個知道甚麼是「文青」，或許更多會鄙視「文青」。在香港，如紀文鳳前輩所說：「我們只有文明，沒有文化。」吃喝玩樂、酒色財氣以外，當你談精神生活，別人會搶先挖苦，因為取笑別人清高，可以抬高自己的「醒目」。

最近的香港，當大家看着各種媒體，指罵別人的時候，有沒有想過：當香港人過去只享有物質，沒有文化，更沒有修養和思考，今天的苦果，有多少是過去埋藏的毒害？在沒有文化的地方，慢慢地，連它的文明底盤亦受到侵蝕；香港太多人，不談仁義道德，更連起碼尊重別人、潔身自愛的分寸也不在乎，這樣的社會還可以有更高層次的出路嗎？

吃和睡是每個人必須的，故此，才沒有「吃青」和「睡青」這類名詞，所以當大家都關心文化、喜愛藝術的話，再也不必出現「文青」這特別稱謂。「文青」、「憤青」，這兩類人，其實是社會此消彼長的自然生態，作為香港人，你會如何修復社會？讓我們除了文明以外，還有文化，滋長更多有思想和態度的文青，來讓香港更具氣質。

黎耀威改良粵劇吸引年輕人

　　藝術上，我不喜歡「改革」這名詞，如千斤重的斧頭，把藝術連根拔起。愛「改進」這兩個字，如健身室的啞鈴，輕重有序。

　　香港的歷史文化中，粵劇是我們最驕傲和珍貴的寶藏。香港人放棄浩瀚深厚的粵劇，等同把維多利亞港的海水抽走。

　　為甚麼傳統藝術要改進？也許四個原因：有些藝術家技癢，覺得不把某些傳統作品改變一下，變成自己的獨門亮麗，便不是大師級。「厭倦」也許另一理由，有些東西，演了數十年了，打破沉悶，舊瓶加入新酒，是故香港粵劇有不同版本的《帝女花》。有些表演如「南音」，觀眾數量萎縮，市場消失，還不改進，恐怕途窮日暮。最後的原因就是與時並進，當口味在變、科技在變，不改進一下，怎行？部份觀眾喜歡看見現代人唱粵劇，便來一齣叫《粵劇特朗普》，結果大賣。

　　原本找黎耀威這粵劇新秀聚舊，卻變成訪問。黎耀威有別於一般粵劇伶人，他年紀輕，但是對藝術認識很深，使我相形見絀。大多數學粵劇的人，受到優秀的中國文化影響，如阿Keith一樣（黎的英文名），正襟危坐、禮儀周周；威仔在台上扮演宰相、將軍，

現實中，他仍是個青春小夥子，説話俏皮的。

　　黎耀威是屯門人，上世紀八十年代出生，畢業於香港城市大學中文系，是名伶文千歲和音樂名家潘細倫的入室弟子，更在香港最有地位的粵劇組織「八和會館」擔任理事。八和成立於清代光緒年間，至今有一百三十多年的歷史。廣東大戲的舞榭歌台、絕代芳華，被風流打去。

　　問黎耀威如何入行，Keith 説：「媽媽是『大戲迷』，幾歲的時候，她常帶我看大戲，使我對粵劇產生興趣。到了八、九歲，參加了一些粵劇學習班，誰料到愈學愈起勁，大概是中學五年級吧，粵劇前輩叫我試試粉墨登台，由『下欄』（即小配角，例如戎兵）做起。媽媽既不鼓勵，也沒有反對我腳踏梨園，但我是驕傲的，是『做大戲』這份兼職，讓我賺到足夠的零用錢，除了學費，我沒有問家裏拿錢。而且演戲，讓我有一點成就感，因為同學知道我演大戲，都嘖嘖稱奇。」

　　「2006 年，大學畢業，當時香港的經濟也不是太好，於是，我決定當一個專業粵劇演員。家裏最擔心的，是做戲的收入不穩定，我可否自力更生。今天，姐姐出嫁了，父母也退休，我高興的是演戲的收入，讓我有能力給爸爸媽媽生活費。」

　　「目前，對自己的一切，非常感恩：我是一個勤力的演員，但是，『觀眾緣』至為重要，一個演員有沒有觀眾緣，不由他控制，幸好觀眾接受了我，所以，男演員的三味：『小生』、『武生』和『丑生』，我大部份都是演『小生』和『武生』。」

　　我問：「武生是配角，那麼，會否做配角不好玩？」黎耀威更正：「錯！做配角，更有挑戰性，因為男女主角議價能力較高，

他們可以挑戲，角色適合自己，才答允演出；相反，配角是被動的，角色送到來，哪敢拒絕，於是，明明角色不適合自己，也要費煞思量，如何演好。所以，當男女主角只演『才子佳人』的時候，我們卻走入帝王將相、販夫走卒的靈魂和軀體，那才好玩！」

很同意黎耀威這番話，有句話，叫「行行出狀元」，粵劇界裏，「細女姐」任冰兒專做配角，卻演得出神入化；「神童」阮兆輝也多演配角，可是，他是粵劇行內的宗師。

請教 Keith：「男女主角最要緊又是甚麼？」他說：「樣子和聲線，兩者美麗的，一出場，已經懾住觀眾，贏了一半；可是樣子和聲線都是天生的，這方面，老天是不公平的。」

再問黎耀威：「粵劇演出，年輕觀眾很少，如何解救呢？」Keith 答：「首先，劇本要好。看戲，便是看故事，如果是爛劇本，好演員、好佈景，也救不了。過往許多大戲劇本，可能是『急就章』，未能去蕪存菁，加上歌曲不動聽，觀眾便流失。每個年代都要有新劇本，反映當時的精神面貌，可惜，就算今天，都沒有足夠好劇本。許多『曲牌』和『情節』都差勁，當劇本沒有水準，便沒有壽命。」

我想起黎耀威在 2015 年的《王子復仇記》（《Hamlet》），首演在葵青劇院，觀眾讚賞，往後不斷重演。Keith 能夠把莎士比亞的西方名劇，變成一個不露痕跡，同樣精彩的中國傳統戲曲，真不簡單。

我問 Keith：「很多人覺得粵劇太長，往往三、四小時，要精華濃縮？」Keith 說：「這點我同意，粵劇這方面要改良，適合現代觀眾，而且，許多劇本確實有空間去刪略。此外，我同意有『導

演制』，過往，在粵劇蓬勃的時候，演員精英雲集，就算沒有導演這制度，演員自己商量一下，便可以好戲連場。但是，現在新一輩的演員，未必有這個藝術造詣和思考能力。所以，粵劇應該有一個導演，以客觀的角度，幫助演員分析角色，還可把一齣大戲的林林總總，指揮和調配，這樣，才會出現優秀的作品。」

我想到一件事情：改進傳統藝術，有兩個角度「手段」和「目的」。想盡點子，把粵劇改頭換面，弄到活色生香，吸引本來不看粵劇的觀眾。這只是「手段」，任何改進的「目的」，必須讓「香港風格」的粵劇，能夠在守護正統根源的底線下，發揚光大。有一次，我看粵劇，其中一段，加進現代流行歌曲，大家極為反感。又另外一次，他們把粵劇人物那閃爍耀目的頭飾拿掉了，我以為在看越劇。

Keith 補充：「『大鑼大鼓』的音樂，是粵劇的藝術特色，如果覺得它吵鬧，把它刪走，簡直是謀殺粵劇；所以我嘗試把鑼鼓樂師放在一個半開放的『膠室』內，為求把鑼鼓聲減低，效果很是理想。」我點頭：「演出時，打上中英文字幕，使年輕觀眾容易明白內容，也是一個好方法。」

Keith 把泰式沙律吃光，繼續說：「我是年輕人，明白年輕人的喜好，所以，我進行一個新嘗試，把粵劇帶入『小劇場』或『黑盒劇場』（black box theatre）。傳統粵劇，台前幕後加上樂隊，往往要數十人，這些昂貴規模，不利於我們年輕人玩『實驗』，探討粵劇如何改良去吸引年輕觀眾。現在，我的小劇場，十多人便可以大鑼大鼓起來，我們可以玩創作新劇本、新的音樂、新的舞台技術。而且，和觀眾距離接近，可以即時看到他們的反應。

當然，觀眾少，收入也少，但是，從事藝術行業，很難在金錢上斤斤計較，只要這些粵劇實驗可以幫助到我的成長、我的發揮，我都願意盡力一試。不過，最感激目前和我志同道合的朋友，他們也不理會酬勞多少，和我一起去嘗試，很是感動。」

近期，西九戲曲中心主辦，把歷史故事《霸王別姬》（Farewell My Concubine）變成黑盒劇目，在多方面改良，吸引年輕觀眾。有些年輕人看完，對我說：「以往，我覺得粵劇很 heavy，現在變 light，看得很舒服，我不怕大戲了！」大家還記得張國榮獲取法國康城影展金棕櫚獎的電影嗎？但是，今次故事不一樣，粵劇《霸王別姬》的內容是這樣：秦末，西楚霸王項羽打敗仗，和愛妾虞姬及愛馬訣別，但是，虞姬自殺，表示她對愛的貞忠。

臨別時，我問 Keith：「你下半生仍然留守粵劇？」他說：「百分之一百。因為我不喜歡打工，又不懂得做生意。」我開玩笑：「我的下半生，肯定不會做大戲，因為我的記性不好，做你們這一行，起碼要背誦三、四十個粵劇劇本。」黎耀威大笑：「哎，這也是粵劇目前不理想的狀況，我們為了留住同一批觀眾，於是數天之內，每晚換演不同的劇目，這樣急速的替演，很難認真綵排每一個劇目，水準自然有限制。」

人的成就，不在乎目前所站立的位置，而是所朝的方向。不過，走任何一條路，失敗其實多於成功；但是當離開世上，沒有人會為生平的成功而笑逐顏開，相反，我們只會為憾事而俯首低問。

活着、闖蕩過，便會無憾。

鮑潔鈞送年輕設計師的「3G」諍言

　　藝術（Art）和設計（Design）的分別？藝術可以自我；設計要照顧用家需要。藝術以表達為主；設計以功能為主。藝術豐儉由人；設計要考慮生產成本。藝術是少量的；設計生產可以大量。藝術和設計的成功妙作，皆受人讚賞，與世長存。

　　我做過「香港設計中心」（Hong Kong Design Centre）董事和政府「創意香港」（CreateHK）的委員，現在仍是一些設計師團體的法律顧問，明白年輕設計師現在的掙扎，就是這十個字——「入行打工易，出人頭地難」。

　　香港人的優勝之處是「投機」，缺點也是「投機」，而香港的商人特別投機。像新世界集團新一代鄭志剛這些為香港社會的「軟件」，包括文化和藝術，敢於投入金錢，挑戰創意的，包括皇都戲院、K11藝術館、MoMa Design Store等，少之又少。商人常常告訴我們「買樓收租好過投資實業」、「香港市場太細，內地才有大茶飯」、「我們要搵快錢，投資期超過五年的，想也不用想」、「不知道藝術和設計是甚麼東西，既然『識條鐵』，當然叫公司別碰啦」……

香港走下坡，是因為這些人自私、自卑、自滿，然後帶香港躲進死胡同。

不依從上述「聰明人」思維而生活的，在香港被統稱為「傻人」，我是傻人，多年好友 Benson Pau（鮑潔鈞），香港出口商會會長，也是傻人，而且，他傻了四十多年。

Benson 已過 60 歲了，他的故事是非常「獅子山下」：在香港出生，有五兄弟姊妹，年幼時候，家裏窮得要命，住在黃大仙山坡的鐵皮木屋，唸完中學，便要工作養家，最初在洋行（當時的叫法，即是和外國人做貿易的公司）做「行街」（即今日的「營業員」），玩具和家庭用品是他的專長，每朝八點鐘上班，晚上八點鐘後下班。經歷過事業的高低後，在 1980 年，他和太太「兩公婆」趁未有孩子的負擔，絕地一拼，在上環永樂西街租了一個 20 平方米的寫字樓，成立了「蚊型」貿易公司。有原則的 Benson，不想碰舊公司的歐美客戶，只好轉往陌生的中東新市場，可惜，生意奇差，曾經想過關門，再找工作維持生計。不過，命運給他遇到救命恩人，屯門的一個老人家供應商說：「年輕人，見你經營得這麼艱苦，我幫你一把吧，賣貨給你，先不收錢，待你收到客人的匯款，才清付欠款！」從此 Benson 交上好運。

Benson 人生的第二個走運便是上世紀八十年代的內地經濟開放。他說：「中國從『計劃經濟』轉型到『企業經濟』，歡迎香港人『來料加工』生產。當時，內地成本低，質量好，工人又勤力，做中外貿易生意的，都暢旺好景。因為 1997 年的政權移交，移民去了外國的一批商家，噬臍莫及，錯過了大好時機。」

「不過，到了二千年，香港貿易生意急轉直下，第一，內地

人自主起來,他們直接去外國找生意,不用再經過香港的貿易中介。第二,內地的生產成本愈來愈貴,不單止物料貴、人工貴,其他的開支都翻了數倍。如果廠商不搬移生產線去東南亞例如越南、柬埔寨等地,將面臨虧蝕。第三,2007 年環球金融危機打擊下,全球經濟海嘯,結果,汰弱留強,又有一批港商倒閉。」

Benson 告訴了我許多港商唏噓的故事,做生意真不簡單,會起起跌跌。可是,「井底撈明月」,沒有眼光和大志的人,最終也賺不到大錢。做生意,挺像下雨天,毛毛和雨,當然雨露均霑;到了傾盆大雨,沒有雨傘的商人,便無法遮擋;如果是狂風暴雨,則神仙也遭殃。

向 Benson 討教:「今天的香港出口商,應如何生存下去?」Benson 答:「左手來單,右手才買貨的年代,已經大江東去。加上中美貿易戰,不是一年半載的事情,故此,出口商必須轉型,『自創需求』,再不是守株待兔,等客人摸上門。因此,要ODM(Original Design Manufacturer 原始設計製造商)及 OBM(Original Brand Manufacturer 自家品牌製造商)才會有存活的機會,意思是港商必須設計、開發、生產、推銷自己的產品,然後吸引外國買家落訂單。」

我反問:「嘩,設計和研發新產品,都要投資,那些投機的香港商人,只求『急財』,願意嗎?」Benson 説:「『有人辭官歸故里,有人漏夜趕科場』,那些只想『食少多覺瞓』的懶人,漸會消失。我們有些行家,把內地的生意關門後,『買樓收租』便算。當然,人各有志,事業到了一個高峰,享受慣了,要他們再開步上山,亦不容易。」

我問：「做好 ODM 及 OBM，要甚麼本事？」Benson 笑：「要的是 3Gs 理論：Good Product Idea、Good Product Design、Good Marketing Strategy（好的商品概念、好的產品設計、好的市場策略）。『好的產品概念』，我又叫『設計思維』，分開兩點：第一，你的新概念，市場有 need（需求）嗎？第二，有沒有解決產品的『Pain Point』（痛點）？舉個例子，如果你想設計一個特別的電子藥煲，開始便要問『市場有電子藥煲的需要嗎？』，如果沒有，便放棄念頭。如果有的話，便要問『人們煮藥最大的煩惱是甚麼？』，如果得出的 Pain Point 是煮藥往往數小時，浪費時間，那麼，你便要設計一個十五分鐘便可以煮出一碗湯藥的機器。」

「完成抽象的構思，下一個具體階段，便是產品設計：外形吸引嗎？功能如何？用甚麼物料？生產過程又怎樣？成本呢？這些都是很技術性的問題。況且，理想和現實，永遠需要妥協，許多產品的構思很偉大，可是，如果不現實，便要放棄。在產品設計中，最重要是 User Experience（用者經驗），無論你的設計多好，用家覺得沒有『共鳴』，不會花錢買，那麼，一切都變成煮水化冰。」

「第三階段，便是好的市場推廣。記着：宣傳要『一針見血』，重點要短，很快講出好處，引起消費者購買的衝動。例如剛才所說的藥煲，你的宣傳句語要說『十五分鐘煲好藥』，如果長篇大論，沒有作用。包裝也很重要，如果你的對象是老人家，便要調查他們喜歡甚麼外形、顏色等？我見過有些人把功能重點寫在包裝盒的後面，誰會留意呀？最後，放在哪裏銷售，都非常重要，

例如把藥煲出口到歐洲，便不行了。Marketing 的事情，最重要是『針對性』，現在連可口可樂，也要不同地方，推出不同口味，『一套走天下』的年代已經過去！」

我説：「互聯網的年代，大家都變得自我，Micro-marketing（小眾市場學），是必然的。」Benson 同意：「『電子商貿平台』，更好像把地球擴大了一倍，突然多了另外一個買賣世界，可是，它也是全球商家都進入的『鬥獸場』。其實，Internet 每天也在變化，KOL 過氣了，現在就變了 YouTubers 走紅，真的瞬息萬變。今天，想『不用腦』，天天靠着過去的一套，不可能吧。」

Benson 肯定地説：「香港人口雖然只有七百萬，但是，如果你願意打拼網上市場，空間便大了許多。數十年前，我們要創業，甚麼支援都沒有，真的『赤手空拳』。今天，有眾多政府的協助計劃、也有投資基金，況且，大家關注的不是你目前的實力，而是你的計劃在未來有多大潛質。現在是『破舊立新』的年代，一切以概念和設計創新為着眼點，故此，年輕人不要悲觀，只要『食腦』，勝過舊人，你們的空間比以前更大。」

Benson 説了一個故事：「我認識一位年輕人，他每天都留意各大時裝名牌的減價貨，一出現，他便搜羅又平又好的，集中放在他自己的網上平台去賣，結果克服困難，成為『減價貨專家』。哈哈，鬼主意變成了商機！」

我問：「香港年輕設計師的未來機會是甚麼？」Benson：「我們這些老一輩，只作為『貿易經紀』的歲月已過去，未來年輕設計師，一定要走『創新品牌』（Creative Brand）的路線，沒有創新，消費者不感到有興趣和價值。如果在『地上』找不到『資源

共享』（Co-sharing of Resources）的搭檔，例如物料供應、包裝設計、零件設備等，便向『網上』找。今天辦事，不用再靠關係，搭檔更多，資源更具彈性。」

「在這『共享』概念下，為甚麼香港人不可以合力、共同把『香港』打造成一個共享的 Creative Brand？任何香港人設計出品的東西，如果具創意特質，都會得到買家的垂青，我覺得德國、日本的產品，便做到這個『品牌』效應。『香港創意品牌』，不單可以惠及香港，甚至下一代的香港人，因為『香港』變成可以賣錢的招牌。」

我下結論：「世界的事情，愈來愈 complicated（複雜）和 sophisticated（高難），英雄本色的單打獨鬥模式，已經過氣，未來，是『共創』（Co-working）、『共享』（Co-sharing）的趨勢。故此，懂得找一班『叻人』朋友，各有所長，互補不足，才是香港設計師成功之道。再說，合作無疆界，外國、大灣區、全中國都可以通過電子平台，找到搭檔。」

Benson 語重心長：「中國已經不再是『世界工廠』，正走向創新和科技的道路，只取笑內地的不好的，也要檢討自己不濟的一面，香港人要自強和進步。」我十分同意他的觀點。

最近，參觀了一些「Startups」，見到香港已經有一批年輕人，不再怨天尤人，也不甘於沉悶的工作，他們高學歷，卻情願吃盡苦頭，追尋「創意」和「創業」的理想。後生可畏，誰說這些青春痘，將來不會帶領香港？

曾慕雪初創香港藝術出口

「金蟬脫殼」新解：金蟬，是香港藝團；殼，是香港。藝團脫殼，理想可以飛得更高更遠。

香港華仁書院對香港粵劇有着歷史性的貢獻。1947 年，天主教華仁書院的神父們，為方便外國人看懂粵劇，遂把粵劇以英語唱唸，於是「英語粵劇」變成藝術出口產品，在加拿大等地海外演出。

七十年後，出現了一位年輕女將，把「粵劇舞台劇」出口。她來自一個文化家庭，父親是電影演員，母親是電台主持，血液遺傳吧，某年的夏天，她參加了劇社，自此變成「戲劇發燒友」。中學「會考」後，以優異成績入讀香港演藝學院，曾慕雪說：「我徹頭徹尾是個舞台發燒友，何必為了『人有我有』，一定要考入綜合大學，唸一些不喜歡的東西，然後畢業後，還是回到戲劇工作！」

演藝學院畢業後，慕雪（Musette）獲得歌德學院獎學金，往德國交流，在柏林當過助理導演。近年，忙於製作兒童劇。

在 2014 年，曾慕雪忽發奇想，在認識西方戲劇的理論後，對傳統戲曲的美學了解更深，開始欣賞戲曲簡樸的舞台理念。由於中國崛起，全世界對中華文化好奇，可是在戲曲來說，因為語言

障礙，外國人除了靠舞台翻譯字幕，不容易全明白內容，香港既然處於中西之間，為何不做點事情？Musette 立下決心，以新思維向海外推動廣東大戲，她要製作一齣介紹「粵劇」的英語舞台劇，找了名伶阮兆輝共同創作，而她集導演、編劇及演員身份於一身。Musette 說：「我也不想太吃力的，但是到海外演出，一定要節省成本，惟有『一腳踢』啦！」經過多月的努力，創作了一個舞台劇叫《Backstage》（戲裏戲外看戲班）。

考慮到這類型的劇種，對外國觀眾來說比較陌生，Musette 說：「我只能針對小劇場，400 至 600 觀眾那一種，而且『互動』元素很重要，希望觀眾覺得香港的粵劇是 good fun，因而有個良好印象，將來一步步，會欣賞正式粵劇！」

我們來了解《Backstage》的內容，我看過兩次，很好玩。它包羅老中青三代演員，演出分開三個部份：首先它利用一個英語話劇讓觀眾先對粵劇有個概括了解，故事講述一個不懂廣東話的外國記者在偶然機會下，參觀了粵劇的後台，然後發生了一些故事，它介紹了粵劇的穿戴、服飾、分工、功架和樂器等，這部份輕鬆、流暢；跟着第二部份是和觀眾互動，觀眾上台和粵劇演員交流，做動作（例如「上馬」）、造手和化妝，這個環節令到觀眾很開心，滿堂嘻哈；最後便是一段粵語折子戲叫《搶傘》，才子佳人在逃難中，因為一把傘子結緣，引發無限愛意。Musette 說：「《Backstage》的初期演出，我是用『群戲』來處理第三場，但是發覺太熱鬧，便改用一些聚焦的表演來結束，讓大家看到大老倌阮兆輝和陳詠儀的造詣，從而對這傳統藝術有高度評價！」

誰說做藝術這一行，沒有所謂「專科派」和「非專科派」，

從專科畢業的藝術人，經過大學數年的理論和實踐，到了出來工作，會有一定的追求。而且，藝術的專業訓練，如粵劇、舞蹈，愈早進入專業學院，愈早培養出優秀技巧。

《Backstage》這個「粵劇」英語舞台劇，原本只是民政事務局的藝術發展基金資助的一個項目，送去愛丁堡國際藝術節參演，誰料到這個創作劇「爆」出來，大受好評，變成「香港年輕人之光」，從 2014 年至今，在世界各地演出超過四十場，包括荷蘭、比利時、意大利、韓國、美國、新加坡、北京等十二國家及地區。今年，我和墨西哥好友 Jean Paul 協助，讓這個好劇可以去到遠至墨西哥的美麗海邊城市 Mazatlán 劇場演出，促成當地墨西哥人第一次接觸香港的藝術。我們的粵劇，得到他們的官方和民間的熱烈反應，渴望和香港以後有更多的文化交流。

我是 Musette 的世叔，自然對她不用客套：「你覺得飄飄然？」Musette 大笑：「當然不會，我是演員出身，從唸書開始，便要接受 audition（選角面試）的壓力，每次努力準備，總是患得患失，不知道會否拿到角色，所以，『惘惘然』已成一個習慣。我覺得今次《Backstage》的成功，是意外的。我和所有藝術工作者一樣，對於創作和人生，面對太多不確定的因素，演出的成功和失敗，永不是預知的。所以，我常常生活在壓力之下，不過它是正面的，而我絕對不會羨慕那些朝九晚五的工作。」

我追問：「你可否和年輕人分享事業之道？」Musette：「哈，我覺得事業的『小路』不確定，是正常不過，但是，要找出明確的『大路』，因為沒有大路的方向，人生只能站在一個點，裹足不前，連挑選小路的機會都失去，例如我喜歡粵劇和兒童劇，這

便是我的大路。」

Musette 喝了一口茶:「在不確定的因素下,要學會思考,作出勇敢的決定,這是每個年輕人都要面對的;例如我要準備一個表演,天呀,起碼要解決超過百條的問題。」

我轉去新話題:「如果年輕舞台工作者問你如何創作一個節目,可以到外地演出,如何分析?」Musette 想了一想:「年輕人不可野心太大,先實踐一個簡單可行的節目,再按部提升層次。第一,由於能力、資源及市場所限,先針對外地一些小劇院或『黑盒劇場』,有二百至數百觀眾最理想。香港製作的節目,目前沒有太多把握在外地可作『長期演出』(long run),因為我們的吸引力仍未足夠;故此,把目標放在不同地方的『重複演出』(reruns),比較實際。第二,問問自己:你的節目是否有特色?以至『香港特色』?為甚麼外地觀眾會好奇?你的內容和手法出色在那裏?一般外地主辦單位都是考慮這些問題。第三,年輕人經驗有限,起碼有個兩人的『團隊』,一個導演和另一監製,導演負責藝術創作,監製負責行政及市場拓展等等。第四,內容及形式不要弄得太複雜,要『portable』(即輕巧,容易『運送』的意思),愈低成本的東西,愈容易找到願意試試的當地主辦單位。當我做《Backstage》的時候,其實沒有太計算,但是回頭一看,它的成功,恐怕是碰中以上的因素。」

我取笑:「不會飄飄然,總有些成功感吧?」Musette 點頭:「我最大的自豪感,是在演出後,有些外國觀眾走來,和我握手說:『我從來沒有接觸過粵劇,但是,看了你的劇,讓我懂得一點點,很想有機會看一場「足本」粵劇!』我的天,能夠為香港及粵劇

做到一點事情，是多麼的高興。」

我在結束訪問前，問曾慕雪：「你在準備下個外演項目？」Musette 答道：「認真思考中，多數也會和粵劇有關，因為不想浪費數年來建立的班底。千里迢迢，去到外地演出，可以很孤單，幸好我們的團隊，好像一家人，在旅途中和工作上，互相關懷和照顧。此外，我想為香港『粵劇』做點事情。在日本，『能劇』（以戴上面具為主的古代歌舞劇）不算流行，但是當地的年輕人都對自己的國粹，肅然起敬，反觀香港許多年輕人則對粵劇嗤之以鼻。我希望使到更多香港人為自己的文化而驕傲，在推崇港式鴛鴦和菠蘿包以外，同時敬愛我們的粵劇。」

我和 Musette 分享我的看法：「香港有些年輕創作人，太想表演自己的才華，把節目搞到花枝招展，卻失去戲劇的重心；港產作家蘇美智說得好，要說故事，應『撥開好多迷霧，直接去到核心，用簡單的語言，講最重要的事，這些就是人類重要的價值』。」

我再補充：「對於年輕人來說，題材最好是自己熟悉的，不要閉門造車，它可以關於自己、家人、朋友等，如果不是想像出來的，可以回溯過去，通過回望，獲得靈感，檢視人與人的關係，也重新了解自己想表達的人類價值。」

出口，既是一種影響力外輸，也是某種的經濟活動，所以，藝術也要出口。過去，香港的電影，便做出了不凡的成績，而文化出口，不應該只限於官方的活動，或只是娛樂巡迴演出。但願它是一個「心連心」的互動，當香港引入外國的節目，同時也應該推動香港節目去外地，最高的境界是外地的觀眾，每年心癢癢

地問：「香港人今年在想甚麼？會有甚麼新意思帶來我們的文化土壤？」

機會，如潮湧，但會潮退，不趁機上船，時不我與時，怪誰？

第二章

我們

周永健漫談年輕律師的
五條生路

　　認識周永健（Anthony Chow）數十
年，我們同是律師，他待人誠懇，沒有架
子，言必有信，大家都尊敬他，所以，他
曾是香港律師會會長。最近，更做了香港
賽馬會的主席，馬會是我們香港藝術發展局的布施善長，所以又
遇上，我說：「Anthony，你和我都是資深律師，不如找個機會坐
下來，倚老賣老，給年輕律師一些意見和啟發。」Anthony 燦爛
地笑：「哈，希望可以從回望找出玄機吧！」

　　約了他在港麗酒店的酒吧見面，酒店上世紀八十年代開張，
我已是它的常客。以前，喜歡它雅致；現在，來這地方，因為它
懷舊。我怕變。

　　和 Anthony 訪問，第一個問題，當然是他的身世，周永健說：
「我少年時候，給家裏送去英國唸寄宿學校，作為理科學生及足
球迷，本先修讀理科，但是我心好語文，所以後來轉唸法律。父
母也擔心，姐姐已經修讀法律，家裏不想出兩個律師，最後，我
還是忠於自己，堅持去唸法律。」

　　「1979 年，我在英國當了律師，有一家『international law
firm』（國際律師行）招聘律師，當時律師還不是一個『國際化』

的行業，於是好奇去申請，我獲得聘任，並指出我是事務所第一個華人香港律師。於是，大約在 1979 年底，又回到我的香港老家。人生很奇妙，一個向東或向西的決定，便把生命改寫。我有時會想：如果沒有重回這小島，我留在倫敦，今天又會是怎樣的一個人？」

「八十年代初期，香港經濟步入『黃金年代』，社會充滿上流機會，在外國律師行打工，始終有『別人制度』的感覺，在 1982 年，我成立自己的律師行。十分幸運，當時由於房屋價格比現在低，大部份專業的年輕人都比較容易置業。當其時，香港地產慢慢興旺，大量房產買賣，成為律師行的其中一個重點業務，我姐姐的律師行擅長處理這類案件，於是在 1989 年，我和她的事務所合併。光陰流逝，不敢相信那是三十多年的事情。數年前，我們再和一家中國內地的事務所合併，從一家只是『香港人』的律師行，變了一家『中國』的法律企業，這變化是我在 1989 年，未能想像的！」

我感慨起來：「在數碼年代，事情年年變、天天變，把握每一天，與時並進，恐怕是我們要面對的現實。在香港，沒有『告老歸田』這回事，所以，跟着這繁忙城市團團轉，是香港人未來的人生。」

Anthony 接道：「未來數十年，如果『變幻』是香港的新常態，也未必是壞事，轉變當然抹去舊東西，但也會帶來新機會。」

我說：「不計算『大律師』（barrister），它是另外一個專門在法院打官司的行業。以『事務律師』（solicitor）來說，我們八十年代大學畢業，許多人只能在本地律師行找到工作，哪像今天，社會變化多端，於是各式各樣的機會湧現。」

Anthony 點頭：「喜歡安穩的，可以入政府的律政司和其他部門，擔任『法律官員』（counsel），也可以考入『司法部門』（judiciary），當一名法官。」

我插嘴：「入了這些衙門工作，好處是『安穩』，壞處是也是『安穩』，工作性質差不多，工資不好也不壞，按時晉升，按時退休，和一大堆規矩共活：這些不可，那些要避免。正面來說，『平淡是福』，反面來看，便是『一入侯門』。所以走這條路，要有長線的人生準備。」

Anthony 説：「第二類便是去私人機構打工當『法律顧問』（in-house lawyer），有些大企業的法律部門，比中小型的律師行還要大。」

我説：「我聽到有些公司，不重視法律顧問，不懂法律的老闆，每每指指點點，只要求法律顧問意見『合胃口』。更有些企業聘用法律顧問，只不過想節省聘請外面律師的費用，大小事情，都要法律顧問『一腳踢』，律師變了雜工。」

Anthony 回應：「不過，做法律顧問的好處，是可以接觸其他行業，例如保險、金融、跨國實業等等。同時，可以學習及兼任其他崗位，例如行政管理。」

我認同：「多了一個『行頭』發展！我的一個律師好友，從法律顧問的位置，擢升為一間股票行的總裁；另一個律師，則成為娛樂集團的高層。」

Anthony 説：「接着的三個出路，都是『私人執業』（private practice），分別是在三類不同背景的律師行工作：包括本地律師行、英美律師行和內地律師行。在這裏，我想年輕律師了解一段

由於九七回歸，牽動法律界的一段歷史。」

「在 1997 年以前，只有兩類人可以成為香港律師：擁有本地執業資格或英國執業資格的人士。可是回歸後，如何讓英國以至外地律師繼續享有這權利呢？於是，港英政府在 1995 年更改法律，容許英國、美國及其他地區的律師行在考試後可在香港執業，因此，香港在 1997 年的前後，多了一種律師行的『新品種』，叫做外地律師行（Registered Foreign Law Firm），外地律師經考試成為本地律師，可以辦理本地法律業務。與此同時，香港的經濟也產生重大變化，除了過往的貿易和地產業，銀行和金融服務業異軍突起，發展迅速，而這些都是海外律師行的專長。故此，以英國和美國為主的外國律師行愈開愈多，規模愈來愈大，他們瓜分了許多上市公司和跨國企業的客戶。」

我補充：「近十年來，內地的經濟發展強勁，愈來愈多企業在香港上市或設點，故此內地的律師行也通過『外地律師』這門口，打入了香港的法律市場，分一杯羹。」

Anthony 喟然：「於是，本地律師礙於種種競爭力的客觀不足，大部份只能依靠一些『個人客戶』（individual clients）的案件，例如離婚、買賣樓房、交通意外、遺囑等等，這些案件，可以幫助一般市民，意義巨大，也很有價值呀；可惜它不會是一盤業務，沒有可觀利潤，它只是一份『自僱收入』。」

「第二類是『corporate clients』（企業客戶），如果年輕律師要以這類客戶為對象，恐怕要下決心，磨煉自己在商業、金融等法律的 skill set，打進海外律師行工作。」

我說：「在海外律師行工作，吸引是薪水高，將來跳去金融

機構當法律顧問的機會也大很多。」

Anthony 同意:「不過,在海外律師行工作,『加班』是平常事,於是犧牲了個人的休閒時間。還有,在這些地方工作,許多老闆是外面人,香港人成為這些跨境律師事務所的『國際合夥人』,機會比較困難,到了某一年紀,可能體會到前面有一座擋着晉升的大山。」

我笑笑:「天下沒有『免費午餐』,好的機會,便要『痛苦付出』;還有,一刀總有兩刃,當你擁有 A 的馥郁,其實是失去 B 的甜美,聽來很玄,但是,人生回盼,原來沒有『自如』這回事。」

和周永健聊天,有一份莫名的親切感,因為他說的律師姐姐 Anna,便是我好同學的老師,所以,見到 Anna,也叫她「師父」,每次見到 Anthony,便想起她的姐姐,想起她的律師行以前所在處,一幢只有數層很特別的小洋廈,叫「大廈行」,它已經拆掉,在皇后大道中,文華酒店的對面,現在上網找「大廈行」的照片,一幅都找不到。

我問 Anthony:「年輕人去大灣區當『素人』律師好嗎?」Anthony 想了一想:「真的言之過早,大灣區畢竟是內地,和香港的文化、法制、稅務、規矩、取態,以至所接收到的信息,仍有太多差異。與其年輕律師考慮大灣區,不如先找一家香港的內地律師行,打打工,站穩才看內地的發展。況且,香港現在需要法律人才,及更多優秀的年輕人來接班,『法律精神』(Rule of Law)是香港最寶貴的資產,我們要更多法律新血來延續,來把它發光發亮。」

我聽了,當然心中有感,看到香港目前的不安局勢,「無言

獨上西樓，月如鈎」。我是土生土長的香港人，愛香港，服務律師會的委員會多年，也服務了香港的社會半輩子，香港的 Rule of Law，拔萃不凡、意義重大，它既是香港社會背後的無形體制，也是香港人生活的理念，亦可以對內地的法律發展，有所啟發。法律精神不是嘴巴説出來，是要經過法律專業人士和市民大眾共同實踐出來的。故此，法律界需要的新人類，不光是為了賺錢，或只把「律師」是看作襟頭的一個徽章，我們需要的，是願意對法律及香港有一份道德承擔，Rule of Law 才不會走樣，「來，有理想的年輕人，歡迎加入我們的大家庭！」

鄭雷輕談香港創意和科技的機會

　　香港演藝學院舞台製作老師
Wa Yuen 跟我說過：「添加『創
意』，舞台製作絕對是一門藝術，
技術應用通過創意思維就昇華成
為藝術。」「創意」是未來世界
萬物之源：固有的政治、固有的社會、固有的經濟、固有的生活，
在二千年代，都面臨劇變，沒有創意思維的人，終被時代巨輪輾
壓。

　　藝術要創意，設計要創意，科技發展，更加要創意。可惜，
香港「因循苟安」的人，多的是。

　　去問資訊科技（information technology）的專家鄭雷（Stanley
Zheng）意見，他參與科技研究已二十多年，資訊科技從 Wang
Computer（王安電腦）到今天的 5G 概念，他都了解，有些還身
在其中。Stanley 說：「現在搞科研的，以年輕人為主，除了啟發
他們的創意思維，更重要的，不是教懂他們如何追求成功，而是
如何接受失敗。」

　　在上世紀九十年代，Stanley 還是年輕人，他對資訊科技產生
濃厚興趣，他說：「當同學都趕去唸工商管理的時候，我深信未
來是『數據』（data）的世界，人類的各樣活動，都會經數據管理，

工商管理也需要數據分析而進行整合，我相信『資訊科技』讓我快點走進未來，超越他人。」

「於是，我進了香港城市大學，唸了碩士課程。畢業後，出來工作，落腳點是『開源軟件』（open source software）項目的工作，處理 Linux、OpenStack、Docker 和 Ceph 的應用開發。我又在香港電台和 YouTube 主持科技資訊視頻。做我這一行，必須放眼世界，到處跑，天天接觸新事物。目前，我專注『區塊鏈』（blockchain）的研發工作。」

坦白說，Stanley 說了一大番話，我還是不清楚那些科技名詞，有句話，叫「隔行如隔山」，我愈不明白，愈敬佩從事科技的工作者。

我問 Stanley：「青年人想進軍科技行業，要有甚麼心理準備？」Stanley 答：「和失敗共眠。做科技工作，從『沒有』到『發生』，過程充滿創意和挑戰，很適合年輕人，如果做出心中理想，成功感會很大。但是，它亦是一門失敗率非常高的行業，因為，從『零』到『一』，其實等於發明，真的不容易。中國人的世界，父母都望子成龍，一向鼓勵子女要做出成績。可是，我們沒有好好的教導孩子們，如果失敗，如果人生不稱意，應怎樣活下去？以甚麼態度和方法東山再起呢？更甚的，在我們的社會，大家喜歡接近『成功人士』，沒有人願意和 losers 來往。」

「我常常去美國矽谷，那裏都是『初創公司』，每個人都失敗過，甚至是數次；而且，失敗比成功的人更多。但是，他們都以健康心態看待失敗，不會看不起自己，更不會看不起別人，每個人失敗過後，會檢討和學習，下次再來，做得更好。在日本，

卻是另一世界，人們不接受失敗的學習，當失敗後，便充滿內疚感，所以日本的自殺率很高。」

我點頭：「失敗不可怕，最可怕是失敗後便遷怒他人，或自暴自棄。我認識有些青年人，在初嘗人生或事業的挫折後，便躲在家裏，每天只要有飯吃、家裏給點零用錢，或者找份『散工』，便糊糊塗塗過日子，轉眼間，虛度了黃金歲月。在香港，愈來愈多『毒男』、『宅女』、隱蔽青年，真叫人擔心。」

Stanley 接着：「失敗未必是錯誤，它往往是預計的事情，本應該發生，但是沒有發生，這不是任何人的過錯。我們常常説的『天意』、『運程』、『造物弄人』，便是這個意思。」

失敗後，又應該如何檢討？如何再來一次呢？Stanley 很有系統地説：「要檢討三件事情：是否找對了項目？找到了隊友？找到了投資者？科技是日新月異的東西，每樣產品的研發和面世，猶如殺戮戰場一樣，大家你爭我奪，沒有競爭力的，即時被淘汰和取代，大家看電腦和手機的生生死死，便可以感受到。所以，去進攻創意和科技的項目，必須選擇一些具有未來商業價值的，不然，曇花一現的東西，不值得拼搏。隊友更是要害關鍵，他們聰明嗎？人格如何？是否勤力？大家性情相近？我們生命裏，有朋友、有家人、有如家人的朋友，那便是我們工作上的搭檔。最後，在找資金的時候，亦要謹慎：如果用自己的錢？你還有餘錢留下來生活嗎？如果用親人或朋友的錢，會破壞關係嗎？用專業投資者的錢，他們的理念和你一致嗎？否則，遇到挫折，他們便立刻『斷水斷糧』。」

我很認同：「人生，失敗是必然的，成功只是偶然。所以，

在香港，太多年輕人怕吃苦，只想找一份輕輕鬆鬆的高薪職業，當大家都『偷懶』的時候，我們的社會便退步。我常常寄語青年人，『喜歡一個行業，先在那裏打打工，吃苦學習，到了圈子混熟了，便尋求機會』。」

我追問：「香港的土壤適合『創科工作』嗎？」Stanley 不厭其煩：「做甚麼工作前，必須『前設』，即是把利弊因素評估出來，然後分析。」

「香港的缺點，是市場小，只有七百萬，但是如是『初創』，市場推廣的費用也相對低，不像內地，動輒要過千萬元，才能做到市場推廣。香港資金進出自由、法則簡單、限制亦不多，如果做產品或服務的測試，不消數個月，便可以動工。在許多地方，單是申請政府的多個批文，已費勁非常！我們不要只看到香港的缺點，應該把缺點化為優勢。我舉一個例子，香港進入『高齡』社會，本來是壞事，但是，如果針對老年人的科技服務行業，則非常適合。大家想想，在越南，平均年齡只有三十多歲，他們可能會埋怨：『唉，我們如何發展高齡產業呢？』所以，黑白之間，總有可行的灰色地方。」

「當內地不再依賴香港的時候，很多人就變得不安，但凡事過份緊張，心境就『縛手縛腳』，愈不敢放膽一試。做 startup 的，記着，不要當自己是老闆，要把自己看作是夥計，為甚麼？心態是老闆，自然變成『緊張大師』，當太過投入，便會主觀、情緒化，容易作出錯誤的決定；反而把自己看作是一個盡責的員工，努力地為機構出謀獻策，則更為客觀，創出更大的空間。再者，同事相處，大家像平輩一樣，會少了摩擦。」

科技一天飛千里，漸漸地，足以取代人力。但是，科技背後的驅動力，便是創意。創意，只有人類才擁有，但在一百個人當中，可能只有十個人願意接受失敗；最終，科技會把那些缺乏創意的人取代，但是少數擁有創意的人，可利用科技，進軍全世界。我們的香港，會有多少個這樣的巨頭呢？

香港衛生文明史

　　人乾淨、地方乾淨，會愈快樂，每天多花半小時清潔，是一種快樂投資。

　　數月來，香港人慘受「新型冠狀病毒」的傳染恐慌所折磨，大家搶口罩、消毒水、清潔劑，「肺炎」變成「盲搶炎」，如果我們平時都這般「乾淨」，那才值得驕傲。有人怪內地的條件不好，但是，看看香港人數十年來，清潔又有多大改進？

　　孩童時，上世紀六十年代香港的衛生情況，可以用「恐怖」來形容。除了中環和九龍塘一帶，其他地區就算銅鑼灣和尖沙咀，都有大排檔和「擺街小販」，天口熱，陽光煎蒸街道，空氣發出濕臭。除了高級酒店和餐廳，「廁所」（當時不常叫「洗手間」）常有瘴腐味道。冰室和酒樓，牆上貼滿通告「隨地吐痰得人憎，罰款二千有可能，傳播肺癆由此起，衛生法例要遵行」，還放了一個搪瓷痰罐，浮着一口口的黃痰。公共場所沒有禁煙，跑到哪裏，戲院、寫字樓、電梯⋯⋯都有人吸煙，煙蒂滿地睡覺，還有黏在街道的香口膠。奇怪，那年代，香港到處蒼蠅，但是許多家庭負擔不了冰箱，於是用一個橢圓形的鐵紗網罩，叫做「餸罩」，來蓋着食物，然而如燒臘舖，叉燒是吊着的，不能用罩保護，只好用一條叫「烏蠅紙」的東西，如絲帶垂下，當蒼蠅飛過，便被黏着。

有些舊區，如香港仔、西環、油麻地、深水埗，很多數層高的「唐樓」，有些還是木樓梯，沒有廁所，到了晚上，居民把一桶桶的糞便（叫「屎塔」）抽到街上，等候專收污物的「夜香車」吸納。公共屋邨也好不到哪裏，「H」和「I」型的徙置區，沒有私人廁所，公廁設於每一層的中間位置，是一條糞溝，沒有門隔，大家一排地深蹲、閉氣、看漫畫、看報紙、偶爾談天說地。但是更可憐的，住在只有廚房，沒有廁所和「夜香」服務的舊房子，在寒冷的冬天，要跑到街外公眾廁所和浴室「搞掂」。上世紀八十年代，我唸香港大學的時候，西邊街還有這樣的「兩用」設施，不知道現在拆卸沒有。

媽媽帶我上學，路旁的電燈柱掛有鐵箱，我以為是公眾電話，她說：「那是放死老鼠的藥水箱！」當時，如果高大男生和矮小的女孩拍拖，被稱為「電燈柱掛老鼠箱」。1894 年，香港發生了一場死人無數的鼠疫。

那些年，內地的情況更糟糕。1982 年，同學們從香港出發，坐火車輾轉到南京旅遊，水蜜桃是無錫特產，我們買了一大包，想立刻吃，以為公廁有水，跑進內，準備洗桃，誰料到是「乾廁」，地上放着兩塊磚頭，給人踏腳「練功」，旁邊有鐵鏟，還有穀糠，用來鋪蓋穢物，大家嚇得魂飛魄散。今天，內地許多公廁比香港的清潔。

數十年前的香港衛生，有四件事情永不忘記。那年代，座廁不流行，都是「踎廁」，我們是小朋友，腿張不夠闊，大解時，常常擔心「腳軟」，失足插入便斗。第二，便是「廁紙」，當時已有圓筒卷裝的衛生紙出現，但屬於高消費品，而許多公廁入口，

會有人售賣「廁紙」（窮的會用報紙完事），又叫草紙，它像半張 A4 紙般大小、青黃色，質地如拜神用的「元寶紙」，硬梆梆，擦後，屁股會痛。還有，上世紀六十年代地鐵還未興建，在港島有電車和巴士，而九龍和新界則有火車和巴士，大部份時間，這些交通公具總是擁擠的，連梯級也站滿了人，基層市民，沒有人用香水或止汗膏，夏天時分，我們站在哥哥姐姐的腋下，全程「享受」臭狐味道。有些男人更驚人，小拇指留長指甲，除了為「財運」，還利便掏耳朵和挖鼻孔。我看過有些叔叔，吐口水在手掌，塗上頭髮，作為髮乳。數十年前，香港市區的山坡，仍存在木屋區，大坑、筲箕灣、荃灣、觀塘等，滿目皆是，有些沒有污渠，在地上挖一個糞氹，把大小二便倒下去，萬千小蟲在蠕動，大人還說，這些是灌溉蔬菜的上品肥料。

轉眼間，香港經歷五十多年，我們的衛生情況有大幅改善嗎？我覺得在八、九十年代，好了一陣子，現在又倒退。以前，政府每年推行「清潔運動」，現在缺乏大推動。

在外面跑，看過世界其他大城市的水平，坦白說，香港雖然叫國際大都會，但是清潔水平，遠遠落後他人，是否因為地少人多，還是大家缺乏衛生教育？父親是潮州人，常解釋是因為廣東人「污糟」，可是潮州也在廣東省呀。

本人算是潔癖的「患者」，對於香港一天比一天差的清潔環境，既心痛，又不安。以下是香港人的十四種壞習慣，如果你有超過七種這些習慣，便不算是一個乾淨的香港人：

（1）去完洗手間，沒有用梘液洗手。當然，香港有些餐廳，奢華得用 Aesop 和 Jurlique 洗手，可是，有人打邊爐，有人打屁

股，更多的酒樓和茶餐廳，根本沒有提供梘液。昨天，才去了一個旺角的商場，梘液瓶空空如也。

（2）有些地方的洗手間，竟然拆走座廁的廁板，抹手紙當然沒有，就算衛生紙也欠奉。

（3）許多在別人面前咳嗽時，連用手掩擋一下的禮貌都沒有。最怕有些的士司機，在車內咳嗽，沒有絞低玻璃。

（4）香港的旺區街道已經邋遢、滿地污漬，可是還有人隨地拋垃圾，面不改容，有些暗棄垃圾在公眾花槽裏，枝葉下佈滿垃圾；更誇張的人，一邊開車，一邊把煙蒂、飲品膠樽等拋出車外。

（5）我經常在家的附近和人理論，只因看到沒有公德心的人放狗便溺，他們沒有把糞便清理，或用清水沖洗。

（6）有些食店失去「人性」，把湯汁廢水倒在街道的溝渠，發出惡臭，我發覺那些魚蛋小食店，最喜歡這樣做。

（7）很多商場、辦公大廈、餐廳、旅館的空調發出異味，因為冷氣槽和喉管，從來沒有清洗，可能散播「退伍軍人病」。

以上七點，是我們生活在香港，經常在外面遇到的「慘劇」。以下七點，關乎個人衛生，撫心自問，你是否有遵守？

（8）有些人沒有刷牙便睡覺，部份人只在早上刷牙，晚上沒有刷牙。

（9）我晚上沒有洗頭，是不能入睡的；原來很多人數天也不洗頭，頭髮在外面沾染細菌，黐貼在枕頭，臉龐卻壓着枕頭，多不衛生。

（10）鞋底在街上擦黏了污漬和病毒，回家後，我們應該放在大門旁，或噴酒精消毒，可是，有些人竟穿着鞋，在家裏隨處走。

（11）去完大解，應該把座廁板蓋上，除了不讓臭味散出，更阻止細菌在空氣浮升，避免病毒感染。

（12）在香港，沒有執屋、抹窗、掃塵的，大有人在，我看過有些房子，戶主從來沒有清洗廚房的油漬，牆瓷像一幅醜陋的抽象畫。

（13）有些人，一年也沒有找醫生洗牙一次，牙齒又黃又黑，晚年，會掉清光。

（14）最嚇人是有些晚上不洗澡便跳上床睡覺，更厲害的是數天才更換臭襪一次，他們可稱為「百毒郎君」。

不注重個人衛生和護理的，原因是一個「懶」字，要動手搞清潔，「懶魔」就拖後腿。心理學家說，這壞品行所代表的，還有深層含意：自私和缺乏自律。自私，可能自以為「小王子」或「小公主」，不屑做家務；至於缺乏自律，就是每天生活沒有責任感，不理會個人清潔。

另外一個心理狀態便是「自我形象」低落，為甚麼有這個現象？可能是情緒病，例如抑鬱症；另外一個原因，是由於失去自信心，例如失業、婚姻破裂、財務危機等等，變得自暴自棄，忽略衛生。

我的婆婆說：「骯髒的人，都是好命的，因為他們不怕別人取笑、不怕臭、不怕病、不怕死！」你羨慕嗎？

過去，香港人闖出經濟成就，擁有一份優越的迷信；今天，從一線都會拾級而下，只因許多不足，例如缺乏深度、智慧、衛生文明、文化修養。從扯旗山，到獅子山，伸延到羅湖河，周圍百里，沒有自重的人，比比皆是。今年衛生危機，提醒每一位香

港人，應該三省吾身。重建香港，由個人及公共衛生開始，建立香港人的乾淨形象，媲美全球最清潔的城市卡爾加里（Calgary）。

香港家居生活文化的回顧

買到荼蘼。

香港有句話:「行橋多過你行路,食鹽多過你食米」,我們這些經歷數個「十年」的香港人,有幸有不幸。

幸運的地方是甚麼都見識過,所謂「鬼老就靈」。售貨員費勁推銷:「這是最流行的束腳褲,買吧?」我說:「六十年代的原子褲便是這個樣子!」髮型師問我要不要剪「劇青頭」?我答:「好人好姐,為甚麼要剪一個黑白電影《十兄弟》的兩截頭髮?」回應老氣橫秋,像德古拉翻生。

不幸的地方,如電視奇才甘國亮說過:「我們這個年紀,甚麼都試過,還有甚麼可以提起興趣?」朋友約去北海道二世古賞雪,我說:「一早去了,八十年代二世古的雪和今天的有分別嗎?」有人教我去曼谷吃鮑魚,敬謝:「小時候,吃喜酒的鮑魚,已是小孩子的拳頭那般大。」

歷盡滄桑。以刷牙的漱口盅為例:上世紀六十年代,以搪瓷製造,印上牡丹花圖案;七十年代,大家改用「紅A牌」塑膠杯;八十年代,貪慕虛榮的我,會買「連卡佛」的雲石杯;到了九十年代,「無印良品」在香港登陸,改買簡約的鋥杯。到了今天,返璞歸真,隨便在「Pricerite」買個玻璃杯了斷。

數十年前,香港人緊張衣履是否好看,有云「先敬羅衣」,

而家居用品，都不計較品味，以「實用」為主；最奇怪是到了今天，情況沒有多大改善，看過有些豪宅，為甚麼用「日本城」的東西？沐浴細軟，好歹應該放一個「The Body Shop」或「Kiehl's」的系列，驚見花王洗髮精。有朋友的洗手間擺着「LVMH」旗下「Fresh」的名貴產品，但是只放不用，消耗的，還是躲在櫃內的「Dove」乳液。家居生活用品反映一個地方的文化，感情上，它們細訴過去，一個家的日子。

「實用」和「好看」的分界線，無情地鮮明，「一分錢，一分貨」，就是了。但是，「好看」和「療癒」用品的分別，前者是為了面子，東西愈貴，愈代表地位；而後者，恐怕是由於我們疲憊或孤單，當觸摸一件家裏的美麗用具，感受到一絲「小確幸」。香薰蠟燭受歡迎，是因為房間的琥珀味道，讓人們覺得幸福；我家裏放了一個溫泉小木桶，從京都搬回來，從沒浸過，可是每晚看到，靈魂便飛到寧靜的草津溫泉。

外國人注重家居生活文化，已有數百年的歷史，中國人自清末，掙扎於一個「窮」字，吃都不夠，講甚麼生活情趣。到了今天，有些人住在政府房屋，願意花錢買 Benz 大車，也不願意佈置家居。唸小學時，我經過中環皇后戲院（今天的陸海通大廈）後面，有一攤檔，專售外國雜誌，其中有本家居刊物，叫《Homes & Gardens》，人家在 1919 年，已談如何夢幻地美化住所。當時，香港人還是稱浴室做「廁所」，只是大小方便的地方，偷看這本雜誌，簡直不敢相信外國有這樣漂亮的房子。到了中學，同輩家裏有錢，他們家居的佈置有兩種：第一種是中式的「古色古香」，甚麼書畫屏風、雲南大理石餐桌、酸枝傢俬、雪白的潮汕抽紗檯

布，還被一塊茶色玻璃壓着；第二種是模仿文藝復興的佈置，石膏浮雕、金漆梳化、水晶吊燈，但是被港式鐵窗花枝出賣，廁所馬桶也是「American Standard」牌子，香港的環境不是歐洲氛圍，不可把橘子帶過淮河。

上世紀六十年代，香港有兩個 parallel worlds（平行世界），一個屬於英國人，一個是本地人；本地的家居用品和外國人的比較，「蚊髀和牛髀」，相形見絀。中國人的廚房、浴室東西，只去北角春秧街「小上海」的缸瓦舖打發：家家戶戶有一個難看的黑鐵鑊、一個給老人家「放飛劍」的痰罐、床邊有把大葵扇、洗菜用的竹箶箕，噢，還有通渠用的長鐵鉗、草掃把、雞毛掃、米缸⋯⋯今天回望，那些東西老土但是浪漫。

七十年代，香港人的生活改善了，願意花錢添置家居用品。當時有兩批人，傳統的，會去國貨公司，例如中環閣麟街附近的大華國貨公司、灣仔莊士敦道的新中華國貨、北角仍然存在的華豐國貨；九龍方面，最著名是佐敦道的裕華國貨、近旺角山東街的中僑國貨（已結束營業），最難忘是那些印上「萬壽無疆」的瓷碟和五花八門的熱水壺。喜歡大路「洋貨」的會去上環的永安和舊先施百貨（即今天的南豐大廈）、彌敦道的瑞興百貨、旺角的大大百貨（今天聯合廣場所在）。大家想擁有的，當然是已有二百多年歷史的德國孖人牌不鏽鋼刀、法國 De BUYER 鍋具。

八十年代，大學畢業後，我搬離家獨立生活，像自由小鳥，為自己的小天地佈置，當時亂花錢，想享受從未擁有過的東西。

彼時，香港人眼角高了，國貨公司售賣的東西視為古老，誰還在家裏穿塑膠拖鞋、放一件烏蠅拍；而西洋舶來品又太貴，於

是日本「生活雜貨」（這個日詞太美麗）乘勢進攻香港，前後來了多家日本百貨公司，像衣服受熨斗壓着，蒸氣般熱，大家買個不亦樂乎。在太古城有 UNY（今天的 APITA）、康山有 JUSCO（吉之島）（今天的 AEON）、銅鑼灣兵家必爭之地有 Sogo（崇光）、大丸（Daimaru）、明珠戲院對面的松坂屋（Matsuzakaya）、三越（Mitsukoshi，即現在的希慎廣場）、金鐘太古廣場有高檔的西武（Seibu，他們把年青人的生活潮牌「Loft」帶來香港，大家還記得他們特大的鮮橙色膠袋嗎？）；尖沙咀有伊勢丹（Isetan，即喜來登酒店的旁邊）、東急百貨（Tokyu，即今天 Victoria Dockside 所在地，他們把日本百年品牌 Swans 的泳鏡帶來香港）；新界方面當然是沙田的西田和新城市廣場的八佰伴（Yaohan）。悲哉日本百貨，今天在香港還留存的，只有 Sogo 百貨，老闆不再是日本人，再沒有獨特的東洋味。那個年代，有四種不能不買的精緻日本百貨：焗漆的碗碗碟碟、黑白灰色的塑膠用品、漂亮廚房圍裙和大大小小的新派油鹽瓶。我放棄了青花米通飯碗，去「新大丸」（今天的銅鑼灣加寧街）買了一套日式碗碟，用到現在，依然滑溜。

迷人的香港過去是一個俏麗美女，不過一天比一天消瘦，此刻，突然擰轉身子，跑得很快，失蹤了。我失落地告訴年輕的路人，我們曾經有這個美女，他問：「才剛剛到來，未見過美人。」

今天律師多如社工，老百姓找律師容易了，我們年代的律師是精英，出沒地方多以中環為主，於是我們買家居用品，便是附近的百貨店，現在這些地方都完全消失：石板街旁邊 1850 年創立的連卡佛（Lane Crawford）（還記得它入口的巨木推門）、它對

面的龍子行（Dragon Seed），聽説和連卡佛一般老，還有時裝名牌 Joyce，亦賣過時尚家居用品，雪廠街的印刷行，內有一層專賣英美等地的雜貨。龍子行的東西很「貴氣」，還記得他們實木的垃圾桶、浴室用的玻璃手推車和皮造的紙巾盒。今天，留下的，只有 1950 年開業的公啟行（Kung Kai Hong），它專售外國餐桌用品，店舖已很古舊，不過，經常看到有文青去文咸東街「朝聖」。現在，説中環有家居雜貨賣，似天方夜譚。

　　香港家居生活用品的沉悶期由 2000 年開始，那時候，香港的「昔日光榮」已見滑落。2003 年更有「沙士」疫潮，新的百貨公司不來，舊的一家家倒閉，我們這些生活潮人，只好「禮失求諸野」，飛到東京大買特買，當年大阪仍然落後，老店如阪神（Hansin）和阪急（Hankyu），毫不吸引。

　　去到東京，簡直是「迷失樂園」，拿回香港的家居用品，總是別人沒有的。去新宿（Shinjuku）的丸井（Marui 又稱 0101）百貨買日本版 Paul Smith 浴室擺設、上野（Ueno）的藥妝用品、日暮里（Nippori）買種花鐵具，接着去淺草（Asakusa）的合羽橋，假裝廚師，大搖大擺看專業廚具。我連日本的衣架、拖鞋都買，一箱箱寄回香港。

　　日本的東西買膩之後，戰場擴展至西方，倫敦的 Selfridges、Liberty⋯⋯雪梨的 Myer、David Jones⋯⋯紐約的 Macy、Bergdorf Goodman 都要去。他們的生活用品，是香港買不到的，而且東西隨時比香港便宜，他們最精彩是聖誕樹的裝飾、古典鬧鐘、護理皮革的 accessories 等等。不過，對紐約的印象認真普通，兩次郵寄東西回港，都被偷去。

談起外國生活用品，不能不提「宜家」（IKEA）和「Habitat」：在上世紀八十年代，宜家只是幾個香港老外代理的小店，位置在灣仔芬域街和告士打道交界，只有四十多平方米，他們最受歡迎的，是北歐的現成地毯，誰料它今天在香港，成為最受歡迎的超級牌子。至於 Habitat 家居用品，創立於 1964 年的英國倫敦，在八十年代，曾在尖沙咀海運大廈出現，可惜市場定位不高不低，捱不過去；數年前，Habitat 再次在銅鑼灣皇室堡現身，後來店舖又不見了。

　　提及香港家居生活的文化歷史，要講講我們香港的「市寶」：「G.O.D.」（住好啲）及「上海灘」（Shanghai Tang），創辦人都是名人的後代。在 1996 年，做建築師的 Douglas 創立了 G.O.D.，賣香港懷舊家居用品，最記得他們的產品用了香港上世紀六十年代的「分類廣告」做設計，包括色情指南，甚具玩味，高峰期在銅鑼灣富豪酒店，擁有自己的商場，但是後來「縮細」經營。上海灘是鄧永鏘 1994 年在香港開店，玩上海復古風，輝煌時期，在紐約也有分店；他們畢打街的店舖，曾經有生活用品部，最愛他們的薑花空氣噴霧，可惜，鄧氏在 2017 年離世。

　　今天，生活不講究文化的，光顧「用品超市」如日本城、實惠家居，當然談不上品味。講究品味的人，要去日本潮店，如簡約的「MUJI」（無印良品）和時尚的「Francfranc」，價錢適中，擁有自己的獨特設計，最近看到 Francfranc 有按摩器賣，現代人生活進步，按摩器也成家居用品。奇怪，以「創意」為主的生活用品店「Tokyu Hands」，並沒有來到香港。在日本，上述三個生活文化品牌，鼎足而立。如想要買「Tokyu Hands」，不用飛去日

本，可以飛台北，那裏有分店。

最近，異軍突起的是一家叫「Homeless」的店，代理歐洲用品，聽說荷蘭的 Miffy 公仔，是他們的熱賣；十多年前，它在中環歌賦街開業，老闆從年輕人也變了「中佬」。內地品牌，如「MINISO」和「NoMe」（將軍澳有分店），也開始進軍香港，東西非常便宜，品味也不差，是否耐用，有待觀察。

香港「AEON」最近發功，引入一個生活品牌叫「HÓME CÓORDY」，日本的，東西超級便宜，有些十元八塊便可交易，難以置信。

本人老僧入定，物質慾漸在放下，再亂買「身外物」，像手臂沾上醬油，抹去只添麻煩。家裏的東西，也不想更替，因為它們是回憶的情意結，數十多年前的戰利品，恐怕要變成陪葬品。

有時候，在亂想：數十年後，香港的生活雜貨，會是誰領風騷？誰又會像我一樣，把香港家居生活文化故事寫下來？

追懶人「交功課」的十二招數

　　當律師，法院給我們的訴訟工作程序，設定許多限期。如果律師工作和政府部門有關的，又是一大堆交收限期。律師處理商業案件時，客戶想快點完成交易，亦變成「催命符」。

　　英文叫限期做「deadline」，愈來愈多人喜歡叫它做「死線」，對我來說，「死線」可怕的地方，是過了死線，許多法律的權利會喪失，永不可以修補，於是，律師便要賠償給客人，可惜，香港頗多懶人，喜歡過期「交功課」。

　　做了律師數十年，見盡許多疏懶的律師，他們不把「死線」牢記心中，害人害己，真想踢他們屁股。太多人嫌棄工資少，也憎惡工作多，於是上班時，毫不認真，天天做遊魂野鬼；有些刻意躲避工作，像暗角老鼠；有些我叫做「搖搖板」，你給他工作，他立刻彈給別人，出了事，永遠和自己無關。工作上不專業的人，是職場上的毒瘤，可是在香港，「事浮於人」，老闆常說：「許多人不工作，想要錢，便靠家人、靠政府、靠男、女朋友。唉，聘請員工之時，只要有眼耳口鼻，立刻上班。」我們這些有責任感的人，每天生活在惶恐之中，像經典電影《閃靈》（《The Shining》）中，每刻每秒拿着刀的太太，驚呼狂叫，不知道哪天給可怕的丈夫所毒害。盡心的律師，不想見到事情「爆鑊」，只好日日夜夜提醒身邊的同事死線快到；有時候，像趕孩子上學的

爸媽；但更多時候，像看精神科的病人。

　　沒有人想錯過的時限，是「上飛機」的關閘時間；最想錯過的時辰，是死神召喚之日；最難忘的時限，是年滿 18 歲要換領成人身份證；最討厭的時限，是每天肚子逼迫你去大解決。

　　以上自己的限期，心情上還可處理，最怕是被人所害而錯過了限期，因為錯不在自己，卻要被迫共苦。那麼，如何對付這些遲到的「殺父仇人」？多年觀察所得，降服這些生物，坊間有十二種方法，但是一樣米養百樣人，是否有效，見仁見智。仍在此列出，騙騙大家的讚數：

　　（1）許多人發微信或 WhatsApp 去追人交「功課」，這是沒效的，最有效是直接打電話去追，還連續打十多次，鈴鈴作響。有時候，要故意急速掛斷，讓對方覺得煩厭，這是追催的基本動作。可是，有些人連自己都懶得採取這一步，又如何「追殺」別人？

　　（2）有句俗語，「人要面，樹要皮」。當然，人不要臉，天下無敵，不過，一般稍懂廉恥的人，都不想別人知道自己遲到的劣行，所以，你可以故意成立一個手機群組，催促別人時，便在那裏公告天下，有些人怕「樣衰」，會立刻有反應。

　　（3）當別人遲交功課，特別對方是政府部門，可以發一封信，禮貌地「暗斥其非」，因為許多錯過限期的事情，會有法律後果，甚至賠償的責任。出了信後，可以證明罪不在你，而對方原本想「側側膊，唔多覺」的，也打醒十二分精神，為你處理工作。

　　（4）有些公司喜歡用獎勵的方法，如同事準時交貨，會有bonus。聽過有一家公司，如果大家準時在星期五交出報告，上司會讓大家早走一個小時下班，齊齊去快樂時光，喝個痛快。

（5）相反，金錢懲處，則是普通的伎倆。我的舊老闆，最生氣的是律師遲交文件給他批閱，如果「劣績斑斑」的，他會根據案情的嚴重程度，到了支薪日期，故意「拖糧」，由一天拖到七天不等。法律上，香港僱主最多可以欠薪七天，故此，他的極刑，產生阻嚇力。另一家機構，同事遲交功課，上司會罰錢，作為大家的福利金，許多人錙銖必較，自然聞風喪膽。

（6）另一個方法，是想些點子，讓不準時的同事慘遭不便。我曾經聘請電腦顧問，在事務所的電腦做了「手腳」，如果同事不準時交功課，電腦的日程簿（diary）便無法應用，要由合夥人開鎖，才可使用。不過，這軟件用了不到兩個月，大家覺得麻煩，沒有再用，而且，不準時的同事，諸多理由解釋延誤，很難每次追究。但是，從管理學來說，如果同事犯錯，要面對「block point」（障礙點），作為一個懲罰，未必無用。

（7）前輩告訴我，對付經常「誤點」的同事，最佳方法是「以其人之道，還治其人之身」，要刻意把他想老闆批閱的文件，拖到最後一天，讓他同樣「心急如焚」。但是，這般「阿蘭嫁阿瑞」的做法，你害我，我害你，始終有道德問題。

（8）另一位律師教路，最佳打擊「罪犯」的方法，是向他們的上司投訴，但「打小報告」的捷徑，會害人升官發財，有點不人道；萬一他的上司護短，會否招致反效果？

（9）在影視圈，最出名守時的，是「阿姐」汪明荃，我猜她永遠把時計撥早半小時，故此永恆地早到。她對付「遲到客」的方法，是以身作則，讓懶人感受到壓力，所謂「其身正，不令而行」，不過，當遇到一些「軟皮蛇」，這招也不一定奏效。

（10）最特別是娛樂大亨邵逸夫夫人，「六嬸」方逸華用的方法叫「攬炒」：聽說，當員工遲交功課的時候，她會邀請他們去她的家，還會煮宵夜，然後逼迫大家一起做功課。曾經有些編劇遲交電影劇本，她邀請眾人去清水灣大宅，不准離開，必須寫出劇本，她的方法是軟硬兼施。

（11）表演界常用的一種方法，是利用「會議」施壓。在工作分配以後，便定出下一次開會日期，然後要求每個人講出下次要交甚麼貨，這招叫做「強制性露底」，凡不準時交功課的，在下次會議中，變得啞口無言。

（12）最後一招在建築界的法律合約常常用：他們會一早在合約訂明條款，凡外判商有工程延誤，每天要罰取對方多少萬元，通常數萬至數十萬一天不等；律師叫這些做「延誤賠償條款」（indemnity clause），問你怕未？

那些經常遲交「功課」的人，除了沒有責任心，也可能是一種病，叫做「遲到病」。對他們來說，準時會帶來恐懼，遲到反而帶來心理樂趣，當你追催的時候，他們更可能產生一份優越感。我有一個嘴巴很惡毒的朋友，她被別人延誤，害得鴨血雞毛，生氣地說：「不要追他了，叫花店送上一個花環到他的家吧，也許他過了身！」

在此，忠告大家準時交功課，這是做人的美德，否則，會招致血海深仇，甚至「殺身」之禍。

第三章

文化

鄭秀文——香港巨星的不滅

　　我對紅磡體育館的感情矛盾，「又愛又恨」。小時候，紅磡灣是釣泥鯭魚的好地方，看着它填海，蓋了上世紀八十年代偉大的「紅館」，可以坐一萬多人，更成為本地和亞洲巨星趨之若鶩的殿堂，二十多歲的我們當然一天到晚去「朝聖」，「見證」過張國榮、陳百強、梅艷芳……的演唱會。由火車站過馬路到紅館，至今，恐怕數百次，看的時候，還要穿上 Helmut Lang 吧。

　　近年，這地方對於我，陌生起來，點滴的失落。前陣子，其實很想去看張學友演唱會，但是，紅館演唱會現在多了內地觀眾，萬眾搶票，太辛苦，不想爭。以前，進了場，大部份是香港觀眾，一起哭笑同聲：「看，羅文唱《獅子山下》了！」現在，如剛剛鄭秀文《#FOLLOWMi 2019 香港站演唱會》，超過一半是內地朋友，舉目生疏，本地情懷潛進了紅館的海底。年紀也大了，前半生看過了數百場演唱會，愈來愈領悟到紅館的演唱會，本質多是綜合晚會，何必太緬懷。

　　八十年代，紅歌星鬥得頭破血流；九十年代仍然蕃昌；過了二千年，香港樂壇，步履蹣跚。九十年代大紅大紫的女歌星，走了王菲以後，仍然留下來的只有三個：鄭秀文、容祖兒、楊千嬅。千嬅變了「靚太太」，祖兒躑躅於少女和「熟女」之間，而鄭秀文擺明車馬，結了婚，說白不要小孩子，一天到晚嚷着「我

年紀不輕」，但她不介意，在經歷起伏跌宕的日子後，變成火鳳凰，香港時代女性的代表，當今最具社會影響力的女神便是她，hallelujah!

我知道誰是鄭秀文，應該在遠古時代。有一年，富貴朋友大壽，在君悅酒店設宴，台上有個剛出道的女孩唱「走穴」騷，華星唱片朋友耳語：「這小胖妹叫鄭秀文，她很有鬥志，我看好！」那時候，Sammi 在台上努力唱一首迎合大眾的歌，叫《叮噹》，我倒是沒有特別的感覺，誰料到她把不可能變作可能，今天有 23 吋的纖腰，運動員的身材，還有背肌。

當鄭秀文走紅了，聽説曾經脾氣很壞，幸好在那段時間，和她不認識。感受到真正的鄭秀文，是在大師杜琪峯的私人聚會，她被風雨折磨後，抑鬱症終於跑掉，她也信了上主：Sammi 非常迷人，她的迷人不是如火熱的玫瑰，她是白色的百合。洗盡舞台的鉛華後，她親切、大方，以同理心和人聊天，「換位思考」和「共情」是鄭秀文給我很難忘的好感。她更是「吃貨」們的榜樣。

原來鄭秀文的姐姐是我的鄰居，有一次，竟然在家的附近碰上她，她喜歡跑步，路上，是一個普通的女兒家如微風掠過。吃驚的是有一次，晚上十一時多，見到她在路旁等的士，原來 Sammi 從姐姐家裏出來，百無禁忌，一個人在郊區的小路獨站，這便是真正的鄭秀文，我問她：「哎，你不怕嗎？」她淺笑：「哈，你以為司機會吃了我嗎？」有些女人是花瓣，Sammi 的美，是藏在花蕊內的通達柔情，及鄭秀文「自家製造」的風趣；例如今次紅館的第十次演唱會的尾場，她邀請古天樂做嘉賓，她會開玩笑：「如果尾場沒有你來做嘉賓，便好像大便之後沒有衛生紙，真的

不知道如何了事！」

　　在香港，要當一個「流行天后」，真的不容易，五件事情，都要達到最好：樣貌（周慧敏的美貌，行走了江湖數十年）、才華（沈殿霞的女兒欣宜，只要歌藝了得，還是有人欣賞）、口才（徐小鳳幽默搞笑，今天紅館開演唱會仍然座無虛席）、態度（這方面，我欣賞吳雨霏，在「時代女強」的價值觀下，她寧願選擇傳統的家庭幸福，工作暫擱一旁），最後，便是品味。

　　談到品味，鄭秀文是「潮流女皇」，首屈一指了。我覺得她不當歌星，可以做藝術家的，在她身體無恙後，有一陣子在《明報周刊》有專欄，每星期一幅畫作，畫功不算一流，但是意念清新。就像今次的演唱會，以「聲色藝」標準來說，「色」和「藝」接近滿分，在這些流行音樂會，如果歌星沒有要求，或「把關不力」，演唱會可以俗不可耐。Sammi 在演唱會的品味和心思，都「貨真價實」地交出成績：樂隊用了玩電子音樂特別出色的梁基爵，他研究新樂器，把音樂化為舞台的媒體藝術。那些不好看的演唱會，舞台、燈光和音樂是分開，這三者在今次演唱會裏，是渾然天成。另外，舞台的特效裝置，千變萬化，前衛突出。最喜歡的一場，是一塊塊像降落傘般的電子屏幕在空中飛揚，有些可以圍着 Sammi 的腰，幻變為一條屏幕裙，具國際級的水準。還有，今次的衣服美得叫人讚嘆，歌星的服裝固然好看，連舞蹈員所穿的也不馬虎：黑白忍者服、無頭西裝上衣、繩網袍、水手裝，應有盡有。Sammi 的髮型也更換多次，如「Bob 頭」、馬尾、長髮、dreadlocks、鬅鬙等。還有，小地方如閃石臉貼、眼罩、刺青等，都用上了。

「人腳」方面，台上陣容雄厚，銀樂隊、舞蹈員等加起來，五十多人，像威尼斯大巡遊，彈指間，又像彩色 cupcakes 在大遷徙。

之前說了歌星的態度，鄭秀文利用今次演唱會表態了；她為了環保，不派發螢光棒，要觀眾下載 App，把手機變成不同顏色的小彩牌。她還給機會年輕人，把晚輩歌手都帶上台合唱，用心良苦，如王嘉爾、鐵樹林樂隊。最後，有數場的收入，她捐了給慈善團體。

演唱會唯一不足之處，也是今天香港流行曲的「原罪」，便是為了 easy singing，都是些「K 歌」，它們一般都是音域不廣、輕重不足、變化不大，所以音樂成就很低，這些「罐頭 K 歌」，害了幾代的樂壇。話是這樣說，我還是唱「兒歌」般，投入地一起唱《終身美麗》和《信者得愛》。

鄭秀文在台上說：「這是我人生的第 102 或 103 場的演唱會！」很難得，歷練沒有把 Sammi 磨損，反而像走竹山天梯，精彩地在今次演唱會展示她的人生，示範爬到吊橋的頂點。

八十年代香港有潮流品味的巨星，所追求的都是「華麗」和「名貴」，外國名牌時裝是必需品，大星風範更絕對緊守；到了九十年代，紅歌星起了很大的變化，他們一切行為舉止「貼地」，親民很多。他們少唱了外國唱片的「cover version」，原創歌曲亦因此豐富了。

八十年代的歌星，還會唱一些如廣東小調的歌曲，陳慧嫻都要唱《逝去的諾言》。到了九十年代，唱小調不再是香港年輕人會做的事情。紅星對於男女關係，也不像八十年代的歌星那麼造

作，誰愛上了誰，不怕大方公開。選購衣飾，也漸漸走出連卡佛、Joyce、龍子行、瑞安百貨等地方供應，他們貴的衣服會穿，便宜的也穿。在九十年代，女性再不追求優雅，不必做淑女，而嚮往時尚有型，所以 Sammi 的説話方式，代表着那年代女孩子的風格，語氣是卡通化的好玩，還加入通俗風趣的調侃。

在今次演唱會的尾場，Sammi 送給香港人一句《聖經》的説話，是「喜樂的心是良藥」，喜是一種幸福，樂是一份滿足。有人説如果環境欠佳，哪可喜樂？這説法不對，世間不幸事情，十常八九，我們這些經過人生洗禮的人，可以告訴年輕人：《黃帝內經》的話是對的，「有諸形於內，必形於外」，恨是如斯，但是愛也如斯，看事情的好壞，其實在乎內心。

鄭秀文，就算將來老了，也是香港女性的英雄樹。

六個不想去東京看 teamLab Borderless 的理由

　　如果齊白石大師畫的活蝦，有一天成為海鮮市場的宣傳海報，會是何等糟糕。最近，吳冠中大師的《雙燕》被吹捧，恐怕它的翻版，很快掛在各地的庭園酒家。

　　從「小眾藝術」演化為「大眾商業」，過程總是這樣：藝術家創作了精彩作品，畫廊及藝術館的同儕賞識，為他安排展覽，跟著藝術經銷人垂涎，開始收藏；然後，作品被拿去拍賣，高價賣走，傳媒接著大肆報道，於是黎民交頭接耳，讚不絕口；然後商場、演藝界、商品急找藝術家合作（劉德華找畫家曾梵志設計2018 年演唱會海報，便是一個例子）；最終，未經授權的冒牌貨湧現市場，一件美事炒成鬧市。藝術欣賞是自私的，當阿哥阿姐也激動地來襲，人人說懂，我們「孤芳友」只好離場。圈內人，從喜歡草間彌生到劃清界線，便是典型「鼻囊挖穿」的好例子。

　　潮流可怕的地方是猛然地，你望看左、再看右，都是同一樣的人，前面的人也看來一樣；但轉眼間，在潮流過後，大家立刻失蹤。

　　數年前，大家對於日本光影藝術團體 teamLab 的出現，興奮莫名，他們代表着科技和藝術的創意融合。幾年間，teamLab 大量生產，除了東京台場的常設展館，全球大小地方，不斷設館：新加坡、上海、首爾、深圳都有，聽說日本富山縣甚至出現

teamLab「公共澡堂版」，太可怕了。最近，teamLab 去了四國，主辦「teamLab 高知城光之祭」，又再展出「浮世繪的藍色波浪投影」，這個「藍色波浪」，我在不同地方看過三次，「超粉」都會膩。

那麼，teamLab 的台場常設展館（坐地鐵到新橋站，轉單軌列車到青海站）值得去嗎？這展館已是世界旅遊熱點，來自各國的遊客太多，teamLab 在不遠的地方叫「豐洲」，立刻設立一個分館，叫「teamLab Planets TOKYO」（特色是其中一個廳，觀眾幻看到腳部被水淹蓋，彩色錦鯉在游，當魚碰到腿，立刻化成花瓣四散）。teamLab 這般「紅」，還是不要「執輸」，好歹飛去東京看看。

為甚麼要叫「Borderless」（無邊界）？因為它在約 10,000 平方公尺的地方，共展示數十個作品，還故意不提供參觀路線，要觀眾自己摸索，展區和展區之間沒有劃分，在不知不覺中，觀眾從一個空間走進另一空間，故此叫 borderless，有些作品和作品的內容，亦沒有界線，例如一色幻彩，會四處走動，從一幅牆移向另一幅牆，寓意是人和藝術，藝術和藝術之間，不應設界。

這些商業媒體藝術展覽，一般有七大伎倆：光影投射、斑斕色彩、互動好玩、激盪音樂、鏡的倒影、大量道具（例如螢光繩索、氣球等），最後，還加入兒童遊戲。計算精準的 teamLab，完美拿捏這七種方法。

舉例來說，有一個四面鏡房，吊滿數千個漸變顏色的燈泡，你置身其中，如夢似真，最適合「打卡」留念。

另一個是幻境森林，在美妙的音樂襯托下，瀑布般的燈光四

處流動，像繽紛大自然，舉目是水、花朵、小動物、螢火蟲。

「運動森林」則是蠻有創意的運動空間，在影像的五彩中，家長可以和小孩一起跳彈簧床、盪鞦韆、攀石。

我最喜歡的是一個抽象的蓮花池，蓮葉是雪白色，高高低低，成千上萬，大家漫步塘中，跳進仙境。

最作怪的玩兒，是一個光影茶座，它虛擬神秘，遊客可以一邊喝茶，一邊欣賞光影變化，然後拿着手機，顧影「自拍」。

teamLab 東京展覽現在是「潮人」朝聖的地方，如果你沒有去過，會否丟臉？讓我給你六個藉口，可以解釋為甚麼不想看這展覽。

年紀大的、視力不好的，真的可以不去，因為它沒有清晰的通道、明確的指引，許多地方，一片「黑媽媽」（廣東話，黑漆漆的意思），不跌低也怕撞到別人。

不管 teamLab 放了多少件展品，這些利用光影的東西，英文諺語說得好，「if you have seen one, you have seen them all」（「見一件，等於見十件」），我已經看到麻木，你呢？

teamLab 的作品，以「打卡」為主要目的，藝術深度不高，思考價值亦比他們所稱的低很多，當然，製作和技術是精美，視聽效果是驚人，但是，絕對不應視作為高層次的藝術品去膜拜。

我喜歡「互動」的裝置，teamLab 的東西，有些會互動，例如小朋友畫些圖案，然後電腦會貼上屏幕，當圖案在走動，大家拍掌，但是其他藝術作品，「互動」的成份都不強。

看畢整個展覽，起碼要三個小時吧，但是，許多地方都不設座位，軟骨頭年紀的，雙腿累了，也只能坐在地上。

由於參觀者眾，絡繹不絕，服務員態度並非友善，笑容欠奉，只關心遊客有沒有阻擋走道，我走近排隊的地方，也被趕走。有一個「燈海」的展廳，管理的小姐怕大家停留太久，當人們一踏進房間，她已經不停大叫「快點離開」，勃勃興致遇上一盆冷水。

十年來，由於電腦科技發達，利用科技的藝術概念，一天比一天多，這是未來的大趨勢，不過，和設計家一樣，不懂電腦的藝術家，以後工作起來，會遇到重重障礙。當然，有部份仍然堅持拿起畫筆，在紙上發揮，但是，市場畢竟貪新忘舊，藝術便是創意，誰先採用新的電腦技術、新的物料、新的組合，誰便先打響名堂，teamLab 就是這樣在國際爆紅。

藝術家有三種：有些堅持傳統，有些如 teamLab 活在當下，最後一類是從傳統走到當下，你看到他當下的作品，卻感受到他深厚的傳統根底，這一類人，才是我心目中的英雄。香港有沒有好的例子？恐怕是上世紀七十年代的許冠傑，當時他年輕英俊，香港大學的天之驕子，是女生眼中的萬人迷，一天到晚「夾band」，玩西洋音樂的他，突然寫了一首歌曲，洋化的他竟可用文言文寫詞「曳搖共對輕舟飄，互傳誓約慶春曉，兩心相邀，影相照，願化海鷗輕唱悅情調」，這首歌叫《雙星情歌》，儒雅動人，嚇了大家一跳，於是許冠傑走紅，從此成為香港的不滅「歌神」。

為甚麼「歌神」這般西化，卻有良好的國文基礎？因為他來自一家注重中西傳統的男校：英華書院，「英」和「華」便是中外文化融合的意思，是這家百年老校的宗旨。還記得當年沒有足夠的男生在中六挑選英國文學，開不成一班課堂，但是，校長認為男生也要學習文學，於是把他們送去附近的女子瑪利諾修院學

校上文學堂，做「女校男生」。每年，有一批沒有煩惱的男孩子畢業，站在山腰，有些向上爬，有些走下坡……

容祖兒神級的舞台媒體藝術

最近，鄭秀文的 2019 演唱會在紅磡體育館大玩頂級的 media art（媒體藝術或叫新媒體藝術）。誰料接着的容祖兒《Pretty Crazy 演唱會》更瘋狂，不只是頂級，是世界級的媒體舞台。這樣下去，以後的紅館巨星，如何「收科」？如果還是平凡見慣的舞台來迎賓，觀眾願意「收貨」嗎？可是，世界級媒體藝術的裝置往往千萬元以上，誰來「埋單」呢？

時間殘酷耶？二十年前，祖兒（Joey）只是一個馬鞍山的快樂小女孩，1999 年出道，入行已二十年，她 1980 年出生，令我想起另一個在 1981 年出生的外國天后 Britney Spears。Britney 早靜下來，祖兒這位香港樂壇天后仍然精力充沛、生氣勃勃。流行紅星有三種命運：有些紅了一陣子，便「乾塘」，然後消失；有些紅了後，會躲起來一段日子，然後以新面貌，再現璀璨，鄭秀文便是第二種；第三種便是容祖兒，獨步單方，長做長有，和時代每一刻都共步。

至於今天容祖兒演唱會的舞台設計師，叫 Es Devlin，行外未必知道她的「巴閉」，行內人都知道 Devlin 是英國的舞台設計天后，威猛到聲震屋瓦，她曾參與設計 2012 年倫敦奧運會的閉幕禮。她住在倫敦，經理人卻在美國洛杉磯，是紅星麥當娜的前經理人。Joey 為了慶祝入行二十年，想找 Devlin 為香港的演唱會帶來突

破,但是,過程並不容易,因為 Devlin 是國際「神級」,故此,Joey 和監製 Alex Fung 要飛去倫敦,多次接觸下,才能用誠意打動 Devlin。Devlin 首先要了解 Joey 的風格和目的,滿意後,才願意「洗濕個頭」。

Es Devlin 1971 年出生,是倫敦卓越的舞台設計師,Central Saint Martins 畢業後,曾在國家劇院工作,獲得三次 Oliver Awards 的榮譽及國家 OBE 勳章,最近更為 2020 年杜拜世界博覽會的英國館,負責設計。在演唱會方面,Devlin 非常厲害,她曾為 Beyoncé、Kanye West、Adele、Pet Shop Boys 等設計舞台。年輕時,Devlin 還是美女一名呢。

今次容祖兒《Pretty Crazy 演唱會》充滿理想,把觀眾帶去國際視野。這次驚人的舞台影像,是唸藝術的學生不可錯過的;如無意外,Devlin 的設計地位將會是明天的「西太后」(Vivienne Westwood)。

Devlin 曾經說:「童年對設計師太重要,我長大後,許多設計,都是童年的一些意念孕育出來的。」她又說:「生命只有一次,工作也要滿足自己,每次設計,我把客人和自己的要求放在一起,然後問:如何平衡?甚麼是他們需要的?甚麼是我有興趣的?如果一個項目只是滿足客人的指示,那便不妙了!」

近年,Devlin 的設計帶有建築的風格。今次,容祖兒的舞台設計,便是一個球狀物體,放在中央,我抬頭望上去,恍似十多層樓高的圓形太空船,又似 DKNY「Be Delicious」的巨型香水瓶,也是叫人目瞪口呆的美麗「雕塑」,如一座科幻堡壘。Joey 認為:「作為表演者,看到觀眾開心拍手,我們比觀眾更開心!」

Devlin 的概念是：紅館是一個四面的舞台，許多時候，表演者變成只是一「點」，舞台上面的吊置如何變化，都未能和表演者共融為一體空間，故此，她設計出這一個球狀物體，Joey 的表演主要在球體裏面，作為一個 superstar，她便可以取得全場的焦點。不過，Devlin 的概念出來後，嚇了 Alex 和 Joey 一跳，因為要製作這件巨鑄，所費不菲，還有力學計算，絕對要精細準確，幸好，近年有了電腦的幫助，才可以做到這般震撼的效果。另外，香港沒有這麼大的地方來砌建這個球體，只好在內地模擬紅館及球體裝置，大家綵排妥當後，才在香港重新裝嵌。

巨型球體是二十四個大小不一的圈環所組成，每個圈環由多條鋼繩結合，然後掛上 LED 燈，再相連大量電線和電路板，工程艱巨得要命。不過，一切都是值得的，當觀眾看到環狀裝置變化多端，有時是兩個半球體、漏斗形、蛋糕狀、多個光環狀，以至內外分體，再加上不同閃亮圖案，興奮得嘩嘩大叫。

最近十年，媒體裝置藝術已經變成藝展和表演的主流，甚麼是媒體裝置藝術？它是應用了新科技的藝術裝置，新科技包括數碼技術、電腦設計、互動設備、感應裝置、發光二極管、3D 打印等等先進領域；媒體藝術有別於傳統的顏料、畫筆、帆布、印刷等美藝東西，它是人類科技在電腦出現後的技術突破。

在香港，媒體藝術得以發展，要多謝「教母」鮑藹倫（Ellen Pau），從理工大學畢業後，她便致力推動媒體藝術。1986 年，她成立媒體藝術組織 Videotage。在 1996 年，她更組織國際媒體藝術節，叫 Microwave。在上世紀八十年代，人人以為拍拍錄像帶、在 Wang 電腦設計遊戲，便是「媒體藝術」的時候，Ellen 真

的有先見之明，預測到數十年後的今天，媒體藝術會有驚人發展。

十多年前，我和杜琪峯導演在藝術發展局負責電影和媒體藝術，在一次的諮詢會，Ellen 氣沖沖地問：「兩位只是照顧電影，你們為甚麼忽略媒體藝術？」結果，我倆爭取政府每次給了百多萬，做了兩次「公眾媒體藝術示範」：第一次找了加拿大藝術家 Rafael Lozano-Hemmer，在尖沙咀的文化中心外牆，玩了電腦燈光投射的特效；第二次在香港藝術館的前面空地，邀請了英國的團隊，叫「UVA」，他們做了數枝可以和觀眾互動的巨型變色燈柱。經過這兩次的「演出」後，媒體藝術開始一步步廣為人知，加上地產商在建築物外牆的應用（如西九摩天大樓 ICC），媒體藝術終於在香港植了根。

香港的未來媒體藝術發展，道路依然崎嶇，因為像 Joey 這些大型演唱會的應用，不是經常發生的。要廣泛推動這門藝術，有六點難處：第一，香港的媒體藝術，不是國際領先的技術，故此，常會「技不如人」；第二，我們的應用不多，人才自然也不多；第三，大型媒體藝術，往往造價昂貴，不是個別藝術家能夠負擔的；第四，不比一幅畫，可以收藏在家裏，許多媒體藝術裝置，都是大型和戶外的，於是買家或收藏家亦不多。有時候，見到如容祖兒演唱會的 Es Devlin 作品，演完便是拆掉，多麼可惜；第五，這些裝置的維修成本也不便宜；最後，媒體科技一日千里，今天的技術，明天便被淘汰，例如當年「UVA」的裝置，在今天來説，簡直「小兒科」。

我記得有個藝術家告訴我一句話：「我們現代人，都是在森林參加選美的猩猩。」但是，誰願意困在科技森林，慘受物競天

擇？不過，科技現實往往這樣，所以當我經常要請教年輕人如何應用手機程式，我知道自己絕對沒有能力去玩媒體藝術，叔叔我大江東去，真的悲從中來！

香港偶戲宗師麥少棠的失落一生

我的婆婆常在口邊的一句話是「得人恩果千年記」，她和麥少棠大師這一輩都是因戰難從廣東跑來香港，沒有唸書，但是比起今天受過高等教育的人，更有修養。

為了一件地區文化的好事，我去找藝術發展局行政總裁周蕙心，她說了這番話：「助人的事情，可以做的，便去做吧！」

我們的人生，遇到悲慘的一面，會怨天尤人，但是，有沒有想過在生活、教育、醫療、社會設施等，有多少人曾經照顧我們？單眼看事情，永不會「公允」。

別人有恩於你，便應該幫忙其他有需要的，這是做人的道德，只有這樣循環的「人幫你、你幫人」，世界才會變得美好。

有些人怕麻煩，不願意幫人，但是，想想，那些麻煩微不足道；有些人則怕吃虧而卻步，我試過幫助一位律師，結果金錢受騙，但是吃虧是一種「積福」。我的許多幸運，想是老天給我雙倍補償吧。

某天的晚上，朋友給我短訊：「我的姨公叫麥少棠，在戰後，從廣州來了香港，身無長物，照片也沒有帶來，一直在演木偶戲。1973 年，他成立了『香港漢華年廣東手托木偶團』。老人家在1987 年，因為壞血病，八十多歲離世。少棠姨公留下的東西，一直被女兒放在沙田美林邨一個租來的地下小倉，可是，管理處要

收回貨倉，而且，加上最近的颱風，把東西浸壞，她只好把東西丟掉，但是又依依不捨，覺得這些木偶劇團的架生和細軟，很有文化藝術的價值，你可否幫忙，做件好事，看看有沒有博物館願意接收這些香港遺產？」

我好奇：「有甚麼珍貴的東西？」朋友答：「有些是上世紀四十、五十年代的劇本，部份手寫、部份是印刷品。還有許多木偶穿過的戲服，而最珍貴的，應該是數個約有四百年歷史的廣東『杖頭木偶』（英文叫 Rod Puppet，在古代叫『杖頭傀儡』，它是內裏空心的木偶手杖；廣東木偶，用結實的木塊造成，又重又厚，手掌舉起木偶，通過木棒或竹竿，推動眼睛及嘴巴，因而又稱『舉偶』），還有，當中有些是劇團到外國演出的政府文件。」我的律師性格又來了：「這些數百年歷史的木偶，怎樣得來？」朋友說：「在七十年代，有一個法國收藏家，託他去中國內地，搜羅一些數百年的木偶，有全身、半身的，法國人把整批木偶運去歐洲，留下數個送給我姨公。」

我打個比喻：「我們立刻展開如鐵達尼號尋寶行動，可否邀請麥宗師的女兒，出來喝杯咖啡，了解一下？」

麥少棠 1907 年出生，在內地結婚，四十年代，世界大戰之後，約 1949 年，他帶同妻子再來香港，誕下唯一的後人，即女兒麥麗芬。我和朋友、麥麗芬在旺角喝咖啡，麗芬的悲痛還未復原，因為她的丈夫在今年 6 月份，因突發事故，不幸身亡。

麗芬忍着愁緒，平靜地説出父親的故事：「父親是廣東清遠出生的鄉下仔，15 歲，跟隨演戲的叔叔學藝，先學『師傅戲』，即是木偶戲，然後學『人戲』，即是廣東粵劇。在民初，女性不

會拋頭露面演戲，而我父親是美少年，青靚白淨，故此被安排反串花旦做大戲，他的外號叫『花旦棠』。一個戲班，通常有六至十人，有些舉偶、有些演人戲、有些負責音樂、『裝身』（即服飾）、道具。當時，一個鄉鎮養不活一個戲班，他們只好坐船，去珠江三角州不同的地方演出，叫做『落鄉』，他們的船叫做『戲船』，每次找人拼在一起，巡迴演出，稱為『埋班』。落鄉的時候，通常一晚做人戲、一晚做偶戲，偶戲多是祭祀祖先，給亡魂和神靈看的，而人戲則是給活人看的。」

我細看照片：「花旦棠不只是『靚女』，還很『靚仔』！」

麗芬說：「父親約 171 厘米，身材適中，可以演女，也可以演男。當時在廣東，已經很紅，他說女觀眾到後台竹棚的罅隙，偷偷看他，有些大膽的，便買些涼果如話梅、瓜子，藉口『探班』來親近他。」

她凝想了一會：「可惜，人生總有高低，到了四、五十年代，他跑來香港的時候，這裏的環境已不一樣，偶戲走下坡，是另一天涯。父親虎落平陽，不過他咬緊牙根：『我一定把偶戲在香港延續下去！』那時，不是常常有偶戲演出，但是只要有演出機會，父親從不推辭。他放下曾經是『紅星』的身段，去了九龍的工廠找到一份別人看不起的『雜工』，不怨命、不理會人工低，為的是雜工可以隨時請假去做戲，管它新界鄉郊、市區球場、或是離島遠至塔門、管它酬勞多麼微薄，父親都願意。如西環高街運動場、銅鑼灣的天后廟……都留下他演戲的歷史。」

「我小時候，常要幫忙父親，那些戲，一做便是三個多小時，非常辛苦；雖然偶戲主為神靈觀看，但是，現場觀眾亦不少，隨

時數十至百多人圍觀，看得興高采烈。偶戲的劇目和粵劇差不多，都是來自古代典籍和民間故事，如《三國演義》、《水滸傳》、《楊家將》等。觀眾喜歡看木偶的武打場面，不過，如同一天有日場和夜場，則父親日場便做一些不太吃力的『文戲』劇目，例如《白蛇傳》。為了吸引觀眾，還要加入特技，我記得有一次講述『琵琶精』幻化人形，幕後師傅一邊吸煙，我們一邊用風扇把煙吹到幕前。」

我心有戚戚焉：「麥宗師的生活沒有好過？」麗芬搖搖頭：「真的沒有。在七十年代，整個戲班只收數千元酬勞演一次，眾多手足分配後，每人只是一點點，父親還要添置戲團的東西，他連一個住宅小單位也買不起來安身，臨終的時候，也只能住在政府的公共房屋。」

我問：「演偶戲的『架步』是甚麼？」麗芬說：「早期，香港有很多搭棚工人，所以，我們在細小的竹棚演出。到了後來，竹棚的成本太貴，退而求其次，拉些支架、掛上彩布，便當是戲棚了。」

我追問：「在戶外演出，唱歌會非常費勁？」麗芬笑笑：「還可以，因為數十年前，香港已有『咪高峰』系統。」

我意猶未盡：「你父親有沒有收徒弟？」麗芬無奈：「他想收的，但是，找不到半碗安樂茶飯的行業，誰願意自討苦吃呢？我作為他的女兒，也不當學徒啦。所以，他的所謂『徒弟』，只是一些業餘愛好者，例如有一位華人建築師，久不久找麥少棠學藝，到父親七十多歲，仍然和父親聯絡，給他一點學費。另外一位是英國女士，她對木偶藝術有興趣，而且很仁慈，介紹父親在

她丈夫的辦公室當 office boy，當時父親已經六十多歲，生活終於穩定下來。」

我說：「這樣的生活，你媽媽一定不好受？」麗芬回想：「媽媽在 2011 年也走了，現在才好說出來，媽媽嫁了一個『窮措大』，當然擔心，她經常囉嗦父親：『你呀，快些找一份好工作，專心去養家吧！』但是父親愛理不理，沒有反應。哈，畢竟是老夫老妻，媽媽最後也給父親感動，慢慢地接受了他熱愛的偶戲人生。」

喜歡吃薯條的我，塞了一堆入嘴巴：「你父親很窮，為何還要花錢成立木偶戲團？」麗芬說：「原本，父親在一個叫『勝利年』的戲班工作，班主姓馬，他過身後，馬太太借了『戲箱』（即放戲服和工具的箱子）給一位陳坤和父親經營下去，後來馬太太把戲箱賣與香港博物館。本來，這是父親轉行的好時機，可是，執着的他要堅持下去，找了一個朋友共同湊點錢，而父親把儲蓄也押了進去，成立了一個新團叫『漢華年』，他們玩的是『短頸杖頭』。他對家裏說：『舉偶是我的事業，做到死，都要做下去！』我們沒話可說，只見到興致勃勃的他，一縷煙地跑去廣州，為戲團購置東西……」

「戲箱是父親的命根，到了他年紀大了，患上壞血病，經常要去醫院輸血，知道時日無多，突然對我說：『阿女，人死了，就算蓋上一張爛棉胎，都算是『風光』，所以，你記得把我的木偶、戲服和架生保存下來，讓我可以走得開開心心、風風光光！』」

想起父親，麗芬甜笑：「他何只緊張『風光』，最緊張是外貌，每次外出，雖然衣服不多，『麥少棠』這大明星會努力打扮：光鮮的恤衫、牛仔褲，把毛衣在脖子圍個圈，當作頸布，戴上一

頂格子圖案的畫家帽，冬天還要加件乾濕樓，比我媽媽還『貪靚』。本來他喜歡吃梅菜扣肉、臘肉，但是為了身材，也小心節制。父親沒有嗜好，最喜歡抽抽煙、喝喝玉冰燒米酒。」

我最後問：「你難忘父親演出的地方是甚麼？」麗芬興奮地：「他們那輩偶戲大師，演出是沒有劇本的，劇本只拿來平時看，到了演出，父親說：『劇本在肚子裏面，『戲橋』在心中！』他們演出前，會有一張『提綱紙』，掛在『虎度門』（即舞台的入口位置）。這張故事大綱，是眾人的默契，到了演出，每個人已熟能生巧，一聲『開工』，大家根據提綱紙，便生龍活虎地記起內容，當鑼鼓音樂響起，父親中氣十足地唸白和歌唱；藝術表演者的天職，恐怕如父親一樣，和觀眾共度美麗時光！」

香港偶戲宗師麥少棠的一生，從經濟收入來說，是失意和傷感的。但是，從藝術成就來看，這位偉大的人物，應該死而無憾。為了讓香港人世世代代記得，香港曾經出現過這樣的一位文化英雄麥少棠，我終於找到香港歷史博物館的展覽館長張銳森，告知一切，他非常有心，連忙帶同手下和我在一個剛剛下完微雨的早上，趕去沙田美林邨，麥麗芬把貨倉的東西搬到公園的石壆上，我們認真地逐件研究討論。張館長初步認為這些藏品很有價值，經仔細研究後，決定把部份物品納入博物館館藏。

如果要生命倒頭重來，我再活也只為一個原因，那便是「無悔」。過去，很多要幫忙別人的事情，沒有出手，現在充滿歉意。

貪新忘舊的香港人，多少是靈魂閉塞的？數十年來，我們拋棄了「南音」，即香港的怨曲（blues）；我們拋棄了「唱龍舟」，即香港的嘻哈音樂；我們拋棄了「大戲」，即香港人的歌劇；我

們最終也拋棄了來自廣東、福建、潮汕的木偶戲……

當大家經常說「我愛香港」，你可有多了解她的歷史？多珍惜她的文化藝術嗎？

《粵劇特朗普》引出非一般粵劇

　　傳統的粵劇人，聽到李居明三個字便徬徨，因為他要「改良」粵劇。不過，我喜歡他的《粵劇毛澤東》，因為有戲味，劇情講述毛澤東和三個愛人的糾纏，劇本結構良好，充滿張力，觀眾情緒起伏。

　　不喜歡李居明新作《粵劇特朗普》，它的內容荒誕、穿鑿附會，硬把毫無關係的事情拉在一起，硬把講不通的道理說成某種政治意義，劇情豐富卻乏力，當它愈來愈誇張，就變得愈反高潮。真正收穫是看到一大群精彩萬分的演員，他們能演、能唱，有些還能雜耍，這些優秀伶人，平常在演傳統粵劇，對於不看粵劇的觀眾，根本不會認識他們。李居明通過《粵劇特朗普》把粵劇普及化，他竟然有本事吸引到年輕觀眾入場，好像「外星人」首次去新光戲院探秘，讓新一代認識到如龍貫天、新劍郎、陳鴻進、王超群、陳咏儀等傑出前輩，他們實力雄厚，除了粵劇，其實還可演電影、電視。

　　《粵劇特朗普》的故事，表達不出它的中心思想，因為作者無節制地伸張創意，卻忘記收削改良。在過度虛構中，缺乏打動人心的條理，眼前除了是一個「鬼馬」離奇故事，同時也陷入過度迷離。故事是這樣的：在 1972 年，美國總統尼克遜訪華，隨團的一個年輕商家叫特朗普，他想在中國尋找一個失散的孖生兄弟

叫川普。原來川普在火葬場工作，碰巧處理政治人物劉少奇的遺體。此刻，女友蓓麗被安排秘密赴美定居，但川普執意不走。時空轉移，特朗普當了總統，而官邸常常鬧鬼，他的女兒伊萬卡在中國找到川普，她安排伯伯到美國做兩件事情：首先，和他的老愛人蓓麗重聚；之後，更和一個經常出沒於白宮的百年鬼魂見面，那便是前總統林肯。就在此際，特朗普突然被外星人綁架，川普被迫扮作美國總統，和北韓領袖金正恩為全球和平談判。接着，川普如何化解中美貿易大戰呢？突然，飛碟在白宮上空盤旋着，準備毀滅地球……這種混雜顛覆的劇本，喜愛的人會説「過癮好玩」；討厭的人會鬧「鬼五馬六」。

當然，李居明強調他這新派粵劇是有信息的：「人類都是犯賤的，喜歡鬥爭，不愛和諧共處，永遠只有外來災難時，才懂得互愛和團結。同盟同助是人類美好人間的真正契機……」，可惜，這主旨在不合情理的劇情下，找不到止跌的支撐！

經常去北角新光戲院，我喜歡這地方的格局夠「街坊」，沒有壓力。那天去看《粵劇特朗普》，手提着數袋超市的戰利品，碰到藝術發展局的同事，她們好奇，我也笑：「哼，往昔看廣東大戲，大家左手一大袋花生，右手一大袋番薯，在戲院裏『就地正法』，我才是小巫見大巫呢！」

看粵劇的觀眾，多是「老一脱」的樂齡組群，今次《粵劇特朗普》，竟然見到兩、三成年輕觀眾入場，嚇了一跳，這真是李居明的市場策略的成功。「現代服」的粵劇已經夠特別，再加上一個外國人唱粵曲，而且這外國人是「美國總統特朗普」，認真有噱頭，自然挑動平時不會睇大戲的「後生仔女」。

李居明説：「我辛苦經營新光七年，這是第一次突破，我算命算到新光戲院要碰政治題材才會得着，於是我寫了毛澤東，果然成功了，猜不到今次特朗普還厲害，新光有年輕觀眾，這才是奇蹟，而且還吸引了外地傳媒報道。」

外國寫亞洲人的近代劇目，成功的都是認認真真、有所追求，例如《蝴蝶君》（《M. Butterfly》），講一個北京戲曲演員，如何男扮女，變成間諜，騙取法國外交官的情報。另一齣是《西貢小姐》（《Miss Saigon》），故事是上世紀七十年代的越戰，一個越南女子和美國士兵的離合愛情。

粵劇和外來人物拉上關係的，並不新鮮。在 1962 年出品，至今歷久不衰的香港名劇《鳳閣恩仇未了情》，便是講及在宋朝，郡主紅鸞愛上了外族番邦的將軍，戲中還大玩英語對白，笑破肚皮。早在五十年代，一代宗師馬師曾和紅線女演了粵劇《蝴蝶夫人》，是改編自西方歌劇《Madama Butterfly》，講一名美國上尉與日本姑娘一見鍾情。李居明説：其實早於四十年代，有更瘋狂的大戲，叫做《甘地會西施》。

近年，城市大學畢業的新秀黎耀威，把莎士比亞名作《Hamlet》改編成粵劇《王子復仇記》，成績斐然，內容是一個太子如何向一個弒父奪母的叔叔報仇。

在香港，做音樂劇（musical），最困難的地方有四處：

（1）如何找到好的樂曲

（2）如何找到好的填詞人，把樂曲變成故事

（3）如何找到一批能唸、能演、能唱的萬能表演人才

（4）如何找到投資者願意冒風險，投資昂貴的製作

從香港目前發展看來，最有實力帶動粵曲音樂劇可能是李居明，不過要看他對藝術有多大的追求，對文化有多大的承擔。李居明擁有自己的場地、資金和一群建立良好默契的優秀演員，特別是龍貫天，高大強壯，當他扮演充滿豪情的角色，產生吸引觀眾的磁場。填詞方面，李居明已經為三十多個粵劇填詞，只要繼續用心，一定日益進步。餘下來的問題便是歌曲方面：粵劇的特點，便是除了一兩首新歌外，其他演出歌譜都是來自耳熟能詳的曲調，非常容易入耳，例如《禪院鐘聲》，許多粵劇都會放入這流行曲譜來吸引觀眾。既然許多近年的音樂劇，歌曲都不動聽，何不向廣東的音樂遺產求救，找出大量好聽的音樂元素。而且，我常常覺得，用廣東話唱出西方 musical 的曲調，效果不理想，因為藝術遷地不良，「橘逾淮而變枳」。為甚麼我們香港人，精通中西文化，還要缺乏自信心，迷信音樂劇一定要用西方音樂編寫。從今次《粵劇特朗普》的市場成功看來，愈來愈多年輕人支持本地固有的文化，我們應該就地取材，用本地最豐富的文化資源、和已有的卓越人才，以香港精彩的廣東音樂，加上廣東唱腔，造就一齣永存的香港音樂劇！

西九「神秘空間」和澳門「魔幻空間」

　　我這輩子，常常花錢把自己送去一個四面是黑色水泥牆的盒子，甘心被關三小時，離開時，還說「暢快」，是甚麼回事？

　　最近，答允了一份義工，每星期花數小時，天長地遠跑精神病所、青山醫院、大埔醫院……我和其他專業人士，如醫生、心理學家和社工要決定：一個精神病患者，在醫院不確定或異議下，我們可否讓他出院，重回社會？考慮的重點是出院後，病人有機會傷害自己、影響別人嗎？做了數個月，得出的領悟是「不管你腦袋想甚麼，沒有正規或不正規，它是我們完全自主的一塊，但是，回到社會，人的行為便受到約束，舉止越了線，便叫犯法，要關起來。所以精神病患者，只要行為不構成危險，一樣可以在社區行走自如，但是，如果他們有潛在傷害別人的危險，就算沒有犯法，人身也會受到約束。法律上，我們叫這『Harm Principle』：即是人和人之間，但是當你想的事情變成行為，傷害了別人，則是文明所不容許。」

　　另一份義工要我每星期跑兩、三晚劇場，好的要看，不好的也要看。但是，思想有一得着：坐在黑暗的劇場內，非常珍惜，因為腦袋完全自由，台上的人也可以自由表達，粗話和裸體倒也無傷大雅，台下的人可以用笑聲、掌聲，甚至搖頭來回應；只要遵守劇場的規矩，那一刻，人和人思想的互動、表達的自由，是

沒有絲毫障礙，台上、台下都是完全奔放。香港的劇場，正代表文明社會的真諦。文明，是金錢買不到的幸福。

所以，我深愛劇場，它可能是社會留下來唯一自由卻又文明的樂土；為甚麼不看電視、唱 K，而要來到劇場，因為我們想一面享受、一面思考。但是，當遇到一個缺乏思考性的劇目，那份沮喪，如被判獄刑，關在劇場數小時，痛不欲生。演員 Stella Adler 曾經說過：「Theatre is the place where people come to see the truth about life and social situation. The theatre is a spiritual and social X-ray of its time.」（劇場是人們來看人生真相和社會狀況的地方；劇場如 X 光機，照出時代的精神和社會面貌。）

最近，跑了兩個新建成的劇場，行內叫「黑盒」，它們都短小精悍、創意無限：「氣質男孩」在香港西九龍文化區，叫「自由空間」（Freespace）；「活潑女孩」在澳門路氹美獅美高梅，叫「美高梅劇院」（MGM Theater），真的為觀眾高興，從此，我們進入劇場，再不是正襟危坐、眼睛只看着前方，我們可以站起來、可以跳舞、可以在場內走來走去、可以參與演出，太精彩了。

劇場的結構模式有多種，最懷念是香港傳統的「竹棚」劇場，竟然可以用竹來代替水泥，走進棚內，滿是竹的味道。從前，爸媽帶我進場，為了安撫小朋友靜下來數小時，會買一大袋焗熟的花生、一根甜蔗，還有一把鑲滿假寶石的木劍，一面吃、一面玩、一面看戲。

在外國，最新的技術是「貨櫃劇場」（container theatre），把巨大的貨櫃箱排在一起，裝置着舞台的設備，變成破格的表演地方。

何謂「黑盒劇場」（black box theatre）？它是一個四面是牆的劇院，沒有固定的舞台和觀眾席，燈光、佈景、音響等東西，喜歡放哪裏，便放那裏，充滿 3E：Experimental（實驗性）、Experiential（體驗性）和 Expedient（隨意性）。黑盒劇場打破了傳統劇場「舞台」和「觀眾」面對面的擺放方式，觀眾可以坐下或站立在劇場的兩側或任何一個角落。而舞台亦可以延伸至「黑盒」內四方任何一個位置，由於沒有刻意劃分舞台區和觀眾席，觀眾和演員的距離縮窄，演員可以走入觀眾席，觀眾可以走上舞台間，更誇張的：到底觀眾是演員？還是演員是觀眾？都不必搞清楚。

在香港，耗資數百億元的「西九文化區」便建造了一個巨型黑盒，叫「自由空間」，它平實但是漂亮，四周被美麗的公園包圍，維多利亞海港在後面，晚上來，以為進入夢境，仰望童話般的燈光夜空。不過，城市愈熱鬧，我們愈空虛。

香港話劇團為這地方打響頭炮，公演名師賴聲川的《如夢之夢》（《A Dream Like a Dream》），劇透：一個年輕女醫生，請求一個患了絕症的男病人，說出他一生的愛情故事，它們在香港、上海、法國發生，這劇像電影的剪接，不是直述，是時空交錯地把故事講出來，有些是真實、有些是夢境，從病人的故事，又帶出別人的故事。坦白說，這劇不見纏綿動人，故事也太平凡，只能說「充滿實驗性」，但是未見戲劇的真韻。全劇八小時，有些分開兩晚公演，有些在一天內演完，這種冗長，可以去蕪存菁。

反而，我津津有味的，是細味香港話劇團如何善用「黑盒空間」：它把舞台設計成像一個「曰」字，四面 catwalks 的舞台，

其中左右兩面，還分開上和下兩格小舞台，而中間的觀眾通道，也變成演出的地方，天呀，加起來，有七處可以演戲的空間，真的創意好玩。平常，當然是同一時空、同一地方，演員在演劇，但是，由於現在產生七個小舞台，在「時」、「地」、「人」三個基本戲劇的元素下，還加上七個舞台的可能性，於是這「三」加「七」的元素，在數學上，可以發揮成為不同的「線性互相變換」（mapping），不喜歡的會説「眼花繚亂」；我們喜歡的，會説「變化多端」。舉例來説：醫生和病人可以在某年某天在餐廳吵架；也可以是醫生和病人回到家裏，在同一時間，但是不同地方，各自向觀眾表白心情；又可以是老了的醫生和年輕病人通過時光隧道，在顛覆的時空，不同的地方，互訴人生；又可以是老了的病人（今次演出，有些是數人合演一個角色的不同年齡）和年輕的自己，在不同的時空對話；還⋯⋯還有很多其他可能，認真多層次。

香港話劇團雖然是香港歷史悠久、陣容龐大的藝術團體，但是，他們沒有「老化」，仍舊精力充沛，帶領香港戲劇新品種的發展，他們蝕錢也作出許多新嘗試；所以，今天西九自由空間、話劇團加上賴聲川的 3E 探討，成績是驚喜的。

看完《如夢之夢》的第二個晚上，便坐船去澳門，接受 MGM COTAI 的邀請，看了阿根廷出品的表演叫《Fuerza Bruta》（「極限震撼」），由於連日奔波，結果得了感冒。但是，此行收穫甚豐，我看了全亞洲最優秀的頂級黑盒「美高梅劇院」，管理層説：「哎喲，不要叫我們『黑盒』啦，我們叫做『outside-the-box theatre』（三維空間）！」

這個花了億元以上打造的美高梅劇院，在設備上，絕對「頂呱呱」。相反，西九的「自由空間」，真的只有黑盒，甚麼設備都沒有，如果小劇團要進駐，還得花大量金錢去裝設。美高梅劇院可以容納約二千人，有超過十種不同的場地和座位佈置，無論三面台、四面台，甚至將所有座椅收起變成平地都可以。劇院上下、左右、前後都有不同的「機關」，還有一個面積 900 平方米、解像度有 2800 萬像數的 LED 屏幕，足夠 360 度玩特效：影像、聲音、特別裝設（如噴風）、場地伸縮……應有盡有，大開眼界。聽說，它是亞洲最先進的劇院，不來看看，是劇場人的損失。當然，如果希望來演出，那是另一回事，因為這劇院是私人地方，沒有政府資助，演出成本就相對較高。不過，這劇院太好玩了，如能夠「用盡它」的六面空間和三維設備，會造出魔幻。以往，「黑盒」是簡陋的地方，如「皮包骨」，現在，升格為「脫胎換骨」了！

　　至於《Fuerza Bruta》的內容，如「太陽劇團」（Cirque du Soleil）加上「當代實驗劇場」，都是憑歌唱、雜技、戲劇、飛舞、特效來結合的「一品鍋」，觀眾看得高興。但是，對於專業劇場人來說，藝術驚喜位不算多。

　　不知道為甚麼，最近劇場的潮流是一群表演者在台上行路，有些快走、有些慢走、有些相碰、有些擦身而過：我去了高雄看過的當代舞如此，《如夢之夢》如此，《Fuerza Bruta》也如此，頗是一窩蜂。

　　戲劇名師鄧樹榮和我閒聊，他說：「現在能夠賣票的，如果不是『人性』（humanity）的戲劇，便是那些『好玩』（fun）的歡樂東西，再不然，就是觀眾看了會驚訝後大叫 wow 的東西

（spectacular）！」我説：「對！《如夢之夢》是行內人看到劇團如何善用黑盒所有空間，然後大叫 wow 的作品，而《Fuerza Bruta》則是行外人即觀眾，看到劇盒特技後，會大叫 wow 的作品！」

做電影，可以享受光環；做電視，可以討一口飯；那麼，今天黑盒的設計和裝置都進步了，黑盒都舉足輕重了，但是，我們的戲劇水準會因此提高嗎？

上環一百年前的鬼怪故事

　　上環文娛中心，在皇后大道中 345 號，1989 年建成，快三十年了。約一百年前，那裏是一座紅磚和麻石維多利亞古典風格的街市，非常英國，但在上世紀八十年代拆掉。如果追古思舊，去今天港澳碼頭對面的「西港城」吧，它是老街市的北座，不過是愛德華時代的建築，給保存下來。

　　香港中樂團的總部在上環文娛中心，他們利用了一個綵排室，主辦兒童音樂會，叫《孩子的五感遊戲》，藝術指導是周熙杰，節目統籌是張瑩。

　　去看音樂會，但是早到了，於是在上環走走，滿街都有本地「老外」，有些在茶餐廳吃廣東雲吞麵和叉燒飯，中環住宅區租金日益昂貴，居港的外國人只好西移，搬到上環。

　　上環是老區，比中環還要老，一百年前已經存在，充滿文化魅力。1841 年，英國艦隊登陸香港，發覺上環半山有一片凸出的高地，既平坦又臨海，適宜讓艦隊先鋒紮營，於是，工兵開闢從海旁到這片高地的道路，叫作 Possession Point（佔領點）。所以，今天的水坑口街，英文是 Possession Street，就是英國佔領香港的第一站，在上環文娛中心的斜對面，大家要去拍照「打卡」。

　　水坑口街往上走，轉往荷李活道的文武廟，十八世紀由華人富商合資建成，內有石灣陶塑、花崗石雕，佈局設計精緻。當年，

文武廟的政治地位重要，它是早期香港華人議事及排難解紛的公所，而社會賢達，每年都齊集廟內，為香港的福祉而舉行秋祭典禮。文武廟反映了一百多年前香港華人的社會組織和宗教習俗，具歷史價值。眼前的廟堂景物依然，故人卻消失無蹤，日子，總是一去不復返。

上環文娛中心後面是售賣海味的文咸東街，英文為何叫Strand（淺灘）？昔日，皇后大道中是海邊，後來上環發生一場大火，數百棟房屋毀於一旦。當時，第三任港督文咸（Bonham），把燒毀的房屋瓦礫堆往淺灘，填成新的商業區，並稱為 Bonham Strand，保留「灘」的意思。今天，皇后大道中有一條樓梯，可以步往蘇杭街，你從樓梯建築的特色，可以看得出那是當年一條下水的石階。

喜歡鬼古的朋友，必定愛死荷李活道上面的太平山街。1894年，太平山街一帶鼠疫（亦稱黑死病）流行，一個月內便死了數百人，死者身體滿是黑斑，共數千人喪生。有些屍體在黑夜中被家人拋棄在街上，政府出動英軍和警察，逐戶入屋搜查，隔離病患者，並每戶消毒。經過數個月後，疫情受到控制，自此，居民每年在太平山街舉行打醮，超度亡魂。當然，隨着而來的便是不同的鬼故事，例如有百多個鬼魂出現，大家上網搜尋，便會看到這些謠傳。在太平山街的黑死病現場，即今天的卜公花園，找個地方坐下來，感受這場災難吧。

繞了上環一圈，回到文娛中心，它在街市的上面。坐在綵排室聽音樂，我還是第一次：只容納 100 個觀眾的空間，樂師近在咫尺，伸手便可問好。我是今晚的另類觀眾，因為大多都是家長

攜同幾歲的小朋友到場。香港中樂團的節目編排非常明智，用的都是流行「金曲」，打頭陣是《步步高》和《旱天雷》，跟着示範甚麼是「拉弦」樂器，節目是胡琴重奏《二泉映月》；然後介紹甚麼是「吹管」樂器，嗩吶獨奏出《百鳥朝鳳》，像一群小鳥在快樂歌唱；跟着講解甚麼是「彈撥」樂器，讓大家享受琵琶古箏二重奏《春江花月夜》；接着更好玩，他們邀請每位小朋友一起打拍子，演奏出《鼓樂小精靈》，讓大家認識「鼓樂」樂器。

接着，回復大合奏，首先是廣東名曲《金蛇狂舞》，喜歡看武俠電影的人，一定聽過這首好歌，因為它常常用作配樂；第二首是每個中國人都可以哼出口的《彩雲追月》，最後兩首活潑的歌曲是《賽馬》和《小朋友的小小世界》，來結束這溫馨的「家庭樂」的晚上。動聽的音樂，洗滌人的塵心，而且，身為中國人，要懂得一些基礎的民族音樂，如果連《春江花月夜》和《步步高》也未聽過，恐怕不識一丁。

中樂團今次的親子音樂會，花了很大心思，入場的走廊，掛滿了兒童的畫作，而每位入場的小朋友，還獲贈李雪心手繪的小鳥圖，可填上喜歡的顏色。最有創意是中樂團行政部門的三位員工：鄧耀銘、古琦欣和梁凱琪，他們粉墨登場，變身為失明人「盲炳」、迷路的少數民族女孩和走入了時光隧道的主持人。除了介紹音樂，他們還和小朋友玩遊戲，教導孩子們中華文化，例如介紹甚麼是「騎竹馬」，即竹竿為馬，騎於胯下的民間遊戲。

家裏有小孩子，不管是子女或是孫兒，應該留意下次節目預告，帶他們去上環文娛中心的親子音樂會，認識中華文化之餘，又可以讓他們有一個啟發潛能的機會。

小朋友開心的時候，雖然會忘形、大叫大笑，但是可愛得要命，我前面的小孩子關心地問媽媽：「為甚麼叔叔盲了？可以帶他去看醫生嗎？」右邊的小女孩，拖着只有幾歲的弟弟，精力旺盛，整個晚上在跳舞，十分趣致。

演奏會的用心安排，好到無話可說，例如叫觀眾一起穿越時光隧道的時候，工作人員拿起一大塊紗布，在我們的頭頂飄過，這「手作」真的辛苦了他們。如果要挑骨頭，唯一是當天的節目沒有香港本土味道，吾地吾情，要多加進一點點，讓這個節目，更貼近香港。

為人父母的，在子女下課之餘，除了帶他們去補習和玩樂，還要培養他們的性格和情操，做一個優秀有用的人。很多專家已經說過，接觸和學習音樂，有眾多好處：小朋友通過音樂的表達，可以增強自信心；再者，音樂複雜之處，會增強他們的腦部能力；而喜歡音樂的人，都是有創意、思考力和耐性。最重要的，你為孩子打開了音樂世界，帶他進入了另外不一樣的天地。

一百年前的上環街市，人們穿着唐裝衫褲來買菜買魚；一百年後的上環文娛中心，小朋友們來聽音樂、聽故事，兩者的命運，在冥冥之中有何關聯着？我們是新人又或是當時的舊魂？

不要想得太多了，散場走路十多分鐘，到了正街，光顧始創於 1885 年的「源記甜品」，來一碗港式糖水，這裏的紅豆，煲到「起沙」，不叫紅豆粥，叫紅豆沙；還有，沒有雜質的清香雞蛋糕，便是它的美。生命中的種種舊恨新愁，猶如夥計的發黃潔布，把一切不快，掃落地上。

香港「演藝籌款」的光輝回憶

　　有位大學老師找我，問我當年在「香港演藝人協會」的大型籌款活動，如 2005 年的《愛心無國界演藝大匯演》（南亞海嘯）、2008 年《512 關愛延續篇》（四川大地震）等等，如何處理法律顧問及善款基金信託人（Trustee）的工作，因為他想寫論文，題目是《演藝籌款》。我是一個「活在當下」的人，上個月的東西，指顧之間，已忘掉一半。

　　突然，有點感觸：香港演藝人協會是全港最大的圈內團體之一，過去數十年，多次為香港、國內以至亞洲等地區的天災籌款，每次善款往往過千萬。最難忘是 2003 年，為了捐款給「沙士」（SARS，非典型肺炎）的受害人（當時，千多人染病，接近三百人死亡），演藝人協會舉辦《1：99 大匯演》，其中一個受惠遺孀，在十多年後，邀請我出席長大成為音樂家的兒子的音樂會。幫助別人的快樂，是永遠的。

　　每次演藝籌款，是成千上萬人的協作，我只是小位置。但是，翻查網絡和文字媒體，有關演藝籌款的文章不多，責任在驅使我把「香港演藝籌款」的一鱗半爪寫下來，留下一些述說，協助將來會以演出來籌款的人。

　　我為香港演藝人協會法律服務是在上世紀九十年代，當年，梅艷芳還是會長，那時是香港演藝影視最高峰的年代，粒粒巨星，

影響亞洲。

回憶是這樣的：每當鄰近地方有天災橫禍的新聞，演藝界的領導，便開會商量，討論災情是否嚴重、是否需要援助，作出定案不是容易的，如果決定籌款，所有義工便要立刻就位。

同時，領導還要徵詢其他演藝團體，才有「萬眾一心」的共識。

此時，更要面對錢的問題，在舉辦籌款活動，要支付各大大小小的單位如舞台、保安、設備等，故此，需要現金應付開支，大家會找慷慨的，由他們拿出一筆啟動費。

場地也非常重要，沒有義演的確實地點和日期，甚麼工作都展開不了，但是，香港的大型場地，往往要一年前預訂，於是立刻找政府高層商議，常用的地方有銅鑼灣政府大球場、紅磡體育館、跑馬地的馬場等。

跟着，便找唱片和娛樂經理人公司，爭取他們的支持，派人演出。當然，安排眾多歌星、明星出場的先後次序，也極為重要。

當時負責法律工作，最急切的是成立一個慈善單位。最理想的，當然是成立一個獨立法人組織，即「非牟利有限公司」（Company limited by guarantee），但是這要公司註冊處批准，審理需時，趕不及。我們只好以一份「慈善信託契約」（Charity Trust Deed）簽署約章，通常是五至七個信託人（Trustees），以個人身份，承擔籌款的個人責任，包括妥善管理善款等。然後，我們會再委託一些可靠的國際救援組織，如紅十字會、救世軍、聯合國兒童基金等等，處理善款，執行救災活動，定期向我們彙報。

在收取捐款時，許多善長會要求捐款可以扣稅，於是，我們

要聯絡稅務局長，要求他體恤情況，在一兩天內批出「稅務條例第 88 條免稅許可書」，於是信託基金收益本身不用交稅，而捐款者亦可以扣稅。

還要留意的是慈善籌款活動，要經不同政府部門批准：如售賣獎券籌款，要民政事務總署根據《賭博條例》批准；如在公眾地方賣物，要經食物環境衛生署批准。我們的演藝籌款，沒有獎券也沒有賣物，故此，只需要向社會福利署申請「在公眾地方進行一般慈善籌款活動」的批文。

沒有銀行戶口，我們哪可以接受善款？香港兩大銀行：滙豐銀行和中國銀行都非常支持善舉，他們會派人立刻為信託基金開戶。但是，最麻煩是所有信託人都要一起簽署開戶文件。

接着，作曲家及編曲家，要為活動譜出一首主題曲，由於短短數天，通常很難作出一首新歌，我們很多時候把一些舊的歌填上新詞，呼籲傳媒播放，作為宣傳，但是要在一兩天內，找一大批歌星去錄歌，也不容易。我們曾經用過的歌曲有《Bridge Over Troubled Water》、《We Are the World》等。

下一步，便是要應付本地和外面的電視台和電台，他們會轉播演出，於是送來不同內容的轉播合約。由於是慈善演出，我們會要求電視台和其他媒體接受規範。

另一堆合約，便是版權合約，由於是慈善演出，合作的單位不能收取我們版權的費用，而所有人亦不會因為演出，而產生任何版權權利或收益，這些條款，都要嚴謹把關。

宣佈了籌款活動後，還要應付大量的傳媒查詢。

而整個籌款演出，除了導演和製作的團隊，還有歌、視、影

的統籌。此外，在節目進行期間，還要找一大群義工負責接聽捐款電話。

演出後，要處理善款也是一個大問題，我這個律師便要出動。有些人說了「捐錢」，事過境遷，未必履行，遇到這些情況，只歎無奈，因為法律上，單純是慈善捐款，不是「商業合約」，是不能追討的。

當善款集齊後，我們會交給核數師，在核數無誤之後，我們便把善款正式移交慈善機構。

以上都是粗略回憶，不過，很感謝這位大學老師拋出「演藝籌款」這題目，不然，我們差不多忘記從八十至二千年代，接近三十年的熱熱烘烘、星光閃閃的演藝籌款歲月，這些由香港藝人爭取回來的光輝成就，真的前無古人。冀望我這篇文章，為歷史留下一些爪印，或可以幫助別人在往後演藝籌款時，參考這複雜的流程。

寫過《The Code of the Extraordinary Mind》的作者 Vishen Lakhiani 說過：「世上最偉大的人擁有的並不是自己的事業（career），而是對別人的使命（mission）。」讓我利用這句話，向過去曾經為華東水災、台灣風災等數以萬計災民籌款的演藝人和幕後英雄，送上香港歷史的敬禮！

創意行業的口才

　　創意工作朋友走在一起，發覺內地、台灣同行的表達能力，相對比我們出色：他們說話有感情、聲調有高低強弱、用詞準確、內容豐富、思維條理分明。是不是香港人害羞？

　　戲劇行內，有一位莫鳳儀老師，她說話起來，便符合上述標準，有人會說「老派」，但是，甚麼是「老派」？在中環上班的人，十居其九說話有陋習（最常見是廣東話加上「R」口音，跟着是用詞乏味，一天到晚只有「好」字：好玩、好食、好睇……），每次見到莫老師，她一開口，感染力便發功，那才是口才。

　　從事藝術、創意的人，常要推銷抽象主意，故此要有口才，如果結結巴巴，誰會願意加入你的團隊、投錢去你的項目、購買你的作品？這個推銷行為叫做「pitch」，是吃創意飯的人，必備的條件。編劇界的「大師公」劉天賜說過：「『賣橋』（推銷構思）比『諗橋』（設計構思）更為要緊，因為口才好，普通『橋』可以賣出，如果口才不好，好『橋』也賣不出。」所以，他教學生，是如何推銷自己的劇本。香港藝術家黃仁逵說：「討論的人不創作，創作的人不討論，有啥好講？」他拒絕外界騷擾，也不參加派對。當然，這是高人的層次，你可以嗎？我見到有些做創意的年輕人，無論文字或嘴巴的能力，都是「一嚿雲」，把良好的概念都攪垮。給他們的贈言：「先改善文字、再練習口才吧」。

不過，我也得批評自己，在說話時，太多助語詞，本想加強語氣，但是濫用了，變成語病。

　　和別人溝通，第一步是了解自己說話的目的，然後是調整說話的內容、長短、用詞、語調、節奏，才是有效溝通。基本上，談話有五個目的：

- 一般交際（不用太刻意，大家坦誠和舒服聊天便可以）
- 推銷（一定要讓對方信任，接受你的東西）
- 演講（感染力非常重要，故此語調要高低抑揚一些）
- 辯論（論點要精準，用詞要尖銳，別人才會啞口無言）
- 談判（促使對方願意退一步，才有機會達成和解）

　　以上五個範疇，如深入分析，可以寫成一本教科書。但是，要分清談話的場合，在適當的時候，用適當的方法，是很重要的，不然，如社交的場合，卻變成辯論擂台，則是大災難。

　　除了「交際聊天」，可以輕鬆隨心之外，其他的四類處境，都帶點計算的意味，故此切忌「懶」，在見面的前幾天，必須小心思考，做足準備功夫。

　　因此，口才不行的人，一定沒有做好兩件事情：「把事情想清楚」、「把事情說清楚」。

　　西方人對於溝通要求更高，他們欣賞說話帶有些幽默感，否則會視為沒有水準。舉個例子，前英國首相卡梅倫（David Cameron）在競選期間，被扮成公雞的記者尾隨，他幽默地說：「我終於知道這千古難題的答案，是先有雞，後才有蛋！」

　　香港生活節奏急促，大家最怕遇到「長氣袋」，三言兩語的事情，卻花上半小時來解釋。所以，你花大量時間來解釋事情之

前，最好先問對方：「你已經了解這事情嗎？」或「你想知道更多嗎？」。長氣袋的另一對極端是「短氣鬼」，特別是年輕人，許多事情不敢面對，或自信過高，只交代癡心一兩句話，就溜走了，是不尊重別人的行為。

外國書本有關於「口才」的建議，簡述一下：

（1）口才不是炫耀的東西，它是用來說服別人的工具，那些說話賣弄、浮誇的人，絕對不算好口才。口才的最高成就，是帶出有力的觀點和角度，而語氣要親切、可靠和觸動人心。

（2）說話要吸引別人，便不要用老套的說法或詞彙，特別是人云亦云的，例如還說「今天，我非常榮幸能夠……」、「last but not least」等等。

（3）說話要準確、節奏要輕快，每句話不要拖得太長（廣東人叫「唔斷氣」），說了三句話，便要停頓，看看別人的反應。

（4）說話時，多用一些簡短故事來增加趣味，加強感染力。

（5）說話語調要大方，叫人舒服，不要像講是非的「八公」、「八婆」，或像粗鄙的小混混。

說話流暢，卻巧言令色、虛假賣弄，香港人笑這是「吹水」、台灣人笑它是「香蕉芭樂」、內地人笑它是「忽悠」，都是調侃一個人只懂胡扯，說話沒有實質和誠意。但想說話有份量，別無他法，只有多看書、多思考。

柏拉圖（Plato）講得好：「智者說話言之有物，愚者張口為說而說。」（Wise men speak because they have something to say; Fools because they have to say something.）身邊很多朋友喜歡模仿節目主持、名嘴和政客的說話方式，表面口若懸河，你

又覺得如何？

　　以上的意見，是綜合很多專家的看法，適用於律師，也適用
於任何人。

讓藝術走入你的生活

　　最怕的工作環境是這樣：四面牆，或四邊坐滿人，沒有窗，沒有畫，沒有半點兒創意的擺設，連音樂也沒有，同事之間的談話限於工作。大家不會說「有沒有看 Quentin Tarantino 最新的電影？」、「坂本龍一快來香港開演奏會了」、「重修後的香港藝術館太有格」。

　　University of Exeter 做了一項研究，發現工作地方放了藝術畫作，員工的工作能力可以提升三分之一，他們的 Dr Craig Knight 說：「藝術品可以讓員工分散一下注意力，休息後再來，對於減壓、滋潤心靈、提高生產力，都有幫助。」

　　我和很多朋友喜歡發揮「嘴巴分散力」，最好公司有個「輕吃」空間，還放了藝術畫作，那裏有各類飲品、果仁、蛋糕，可以坐下來，讓畫作舒緩眼睛，腦袋把「工作」兩個字踢走，輕輕鬆鬆。如綠茶未夠提神，可以喝咖啡，如咖啡未夠「勁」，便來 Redbull 吧。

　　Deutsche Bank 的藝術總監 F Hutte 這樣說：「辦公地方放藝術作品，當然不會讓人看它一眼，便突然充滿創意，但是看的人受到啟發，從一個思考的層次，看看別人，特別是藝術家們是如何創新的。藝術是一扇窗，在不同經濟和社會狀況下，人類產生各樣的藝術作品。對於我們做生意的，藝術有良性刺激，令我們

思考如何創新，回應社會的日新月異。」

許多人覺得藝術是「洪水猛獸」，常看扁自己，説自己不懂藝術，這是錯的。藝術可以高深，也可以簡單，只要有心，找對自己的興趣和層次，聽一首有內涵的流行歌曲，也可以是藝術呀。你看，Beatles 的《Yesterday》、Simon & Garfunkel 的《The Sound of Silence》、白雪仙的《庵遇》，也變成了藝術作品！

有句話説「藝術不是『另外』，是『再者』」，意思是日常生活，走多一步，增添了藝術，美麗了平凡的一天，便是藝術的真正作用，生命的真正意義。

近年，出現了「藝術食物」（Art Food），把食物弄成藝術品一樣，真的不忍吞掉。我看過日本壽司變成趣致的金銀鯉魚，又看過廚師把青豆湯弄成漂亮的「荷花池」，除了口舌快感，視覺亦得到驚喜。

聽過「藝術旅遊」（Art Tourism）嗎？我的朋友便安排了一個去「翡冷翠」（哈，即意大利佛羅倫斯）的旅行團，報名人數爆滿，去的人不是為了吃喝玩樂，而是參觀博物館、畫廊、藝術工作室，我問：「有人對藝術修補有興趣嗎？」十多年前，我去巴黎，參加了一個導賞團，參觀莫奈（Monet）的故居和他畫作主題的蓮花池，莫奈對於我，頓時變成「立體」偶像，畢生難忘。

現在，購物中心也出現了藝術商場（Art Mall），營運者説：顧客除了購物，更可以欣賞藝術品，誰説藝術是昂貴和費時的。有一家藝術商場叫 K-11，當我去尖沙咀坐地鐵時，會花十分鐘，溜進商場走走，別人出錢，我卻不花分文，便接觸到藝術，別少看那短短的十數分鐘，我的腦袋頓時鬆了一鬆。

外國還有「藝術運動」（Art Sports），例如有一個「藝術馬拉松」，他們的口號是「當強身健體時，思想同時獲得啟發」。跑步時，可以把任何色彩和創意服飾放諸身上，有些扮成黃瓜、有些穿得像大紅花，沿途，還播着音樂《Chariots of Fire》。

有些做 Spa 的地方，叫自己「藝術水療」（Art Spa），除了香薰按摩，還掛些畫作、播些音樂，其實沒有甚麼特別，噱頭大於一切。我在曼谷見到一家店叫做「Art Massage」，騙人，半點藝術成份都沒有，只是掛一兩幅名畫贗品。

「Art Hotel」（藝術酒店）倒是真的，作家 Lucky Jackson 挑選了全球五大藝術酒店，第一位是南非的 The Silo Hotel，它完美地把建築、設計、藝術和品味「炒埋一碟」，而且，還和一家當代美術館相連在一起。

服裝界線是最模糊的，有人把服裝叫「可以穿上身的藝術」（Wearable Art）；但是也有人認為服裝只配叫「設計」（Design），不算藝術。

我最難忘傳奇女星章小蕙的一番話，她說：「服裝，比起設計或藝術更厲害，它算是人類身體的第二層皮膚。」

為了當義工，差不多每週去醫院一次，香港、九龍、新界的醫院都要去。香港沒有「藝術醫院」（Art Hospital），卻有「藝術在醫院」（Art in Hospital），他們鼓勵醫生、護士、病人畫些東西，或把風景相片，掛在走廊，最難忘的，是葵涌醫院的那些佳作。這些善行，叫「社區藝術」（Community Art），水準不求高，只要畫家們分享了所思所想，見者感動，已功德無量。

《禮記》説過：「知止而後有定，定而後能靜，靜而後能安，

安而後能慮，慮而後能得。」強調做人要止住自己的私惡心，才會有追求操守的一種定向，跟着進入無慾的一種安然狀態，思考反省，悟出人生至善的道理。藝術，便有這個引發的功能。

人，有左腦和右腦，左腦控制理性；右腦掌管感性。都市人，左腦用到虧蝕，右腦卻原封不動。有一次，在我工作的地方，團隊犯了些錯誤，大家亂了，我聽着 George Winston 的美妙樂章，叫《December》，不再慌張，終於有了解決辦法。在美妙的音樂下，人生往往是另一境界。

藝術，便是讓我們在狹隘的香港工作和生活環境，找點時間，看看牆上的畫，或聽聽空氣中的音符，一起天然呆、放放空，讓身體療癒，恢復元氣。藝術家 Dominic Harris 言簡意賅，他說：「Art has historically always been about escape, and we all need is an escape sometimes.」我通過藝術，逃避了自己，也重新尋找到自己。你呢？

澳門娛樂節目的可觀性

經濟進步，不代表心靈進步。當「Macao」愈來愈常用，我心中的「Macau」便愈走愈遠，老澳門，只能活在我的記憶中。

懷念以前的澳門，氹仔還沒有開發，熱鬧的地方，只在南灣舊葡京賭場一帶。在舊港澳碼頭下船，吹來的風帶有樹香，漫步在未填平的海邊，雞犬相聞，老人家下棋，小朋友捉迷藏，街坊在花園茶座喝啤酒，生活不富裕，但是溫馨而快樂。今天的澳門，變了天，卻也變得陌生，絢爛卻無人情。

Brian Lo 在澳門文化中心做了一個藝術展覽，叫《故城──回憶》（《Memory of Macau》），他說：當 2003 博彩事業開放後，澳門便是賭場天下，被人叫做「second Las Vegas」，可是舊的城市故事在消失，而澳門的本土文化也漸漸被遺忘。

在十六世紀，葡萄牙人到了澳門；在十八世紀，它變了殖民地；二十年前，成為特別行政區，人口由四十多萬遞增至現時約六十多萬。數百年來，澳門文化便是中葡的「混血兒」，擁有自己的美麗風格。不過在今天，找一個講話有本地口音（澳門話的聲調，介乎中山和香港廣府話之間）的地道澳門人已不容易，因為滿街都是普通話或英語，外勞有十多萬，佔了勞動人口百分之四十。

刻下的澳門，對我來說，不再是雅舊的小城，它像一個豪華霸氣的夢工場：一座又一座疑幻似真的主題賭場，一家又一家雕

欄玉砌的高檔商場。尋常百姓家的燕子，早已飛得無影無蹤。

　　香港珠寶界大師 Wallace Chan 勸告我們這些懷舊派：「活在過去，就會被時代淘汰，被科技淘汰，被信息淘汰，被任何的事淘汰，所以，最好的作品還在做。」不過坐船渡海，拖喼拉箱殺去澳門欣賞表演，太累了，所以，我只挑澳門本土製作的作品去看，當然，聽大師的意見，新的作品，應該是更好的作品，更加要看。於是抱着「fomo」的心態（fear of missing out），趕去看影星余文樂代言，新濠影滙出品，Stufish 監製的舞台演出《狂電派》（《ELEKRON》），票價三百至九百多元一張。

　　澳門外來入口的節目，如 Michael Jackson Thriller Live、Chris Brown concert、蔡琴演唱會等，在外國和香港都有機會看到，不必勞師動眾跨境去看熱鬧，反而澳門「自製」的，為了支持本土創作，值得捧場。

　　眾多主題表演場館中，新濠集團是最有 heart 的，在香港和內地，著名的《水舞間》（《The Housing of Dancing Water》），便是他們的作品，它從 2010 年公演至今，超過數千場，成為遊客必看的巨鑄。水花和空中特技員天衣無縫的配合，再加上匠心的舞台，絕無冷場；我唯一不喜歡的，是那格格不入的飛車表演。

　　2015 年，新濠推出 4D 多媒體冒險之旅，叫《蝙蝠俠夜神飛馳》（《Batman Dark Flight》），觀眾坐在觀賞車，跟隨蝙蝠俠穿梭如紐約一般的萬惡城，飛高飛低，目眩神迷，我當時玩過，刺激難忘。可是，最近帶親友去光顧，原來 Wallace Chan 所說的「科技淘汰」確實存在，今次再體驗，覺得影像的解析度不夠好，4D 效果未夠特別，當然節目沒變，只是數年間，科技進步了，我

們自然貪新忘舊，追求更高的官能效果。

最近，新濠又有搞作，便是《狂電派》，由於《水舞間》的成功，大家充滿期待，過去濠江巡場。週末入場，嚇了一跳，數千的座位，只有數百個觀眾，它是 U 字形的場館，表演是 75 分鐘：首先出場是兩個小丑的追追逐逐，未見好笑。接着電單車、卡車、私家車、三輪和四輪車橫衝直撞，也是很平常。然後，是煙花和火燄表演，亦不好看，有點「大場地、小場面」的感覺。下一幕是電單車隊接載一群艷女郎，可惜沒有「危險動作」。跟着，四架私家車陪着舞蹈員，大跳 hip hop。接近尾聲，找些疑似是「媒」的觀眾，上台一起玩玩汽車駕駛，這幕不單不好看，簡直是悶場。幸好，好戲在後頭，着了火的車，在地上劃出巨型火環，場面頓時「醒神」，而終段更有空中飛人，利用掛空的繩索，翱翔雜耍。

《水舞間》的優點，是中央舞台不大，「人」和「水」用盡舞台的 360 度來表演，而且還利用了高空，觀眾坐在下面，舉頭望水，猶如參與其中。今次《狂電派》演出的場館卻很大，座位和中央舞台還有大段距離，觀眾彷彿只在窺視。再者，汽車有一定重量，很難搬到半空中，拋來擲去，於是缺乏高空的可觀性。而節目整體沉悶平凡，沒有新意，只是過去表演形式的「炒冷飯」，而致命傷是沒有震撼的場面。

澳門要發展娛樂文化事業，難處是人口不多，導致舞台人才不夠，故此「借力」是必然的。雖然賭場有「財」，但是他們有一個假設：以內地旅客為主的觀眾，不會喜歡由內地人擔綱台前幕後的表演。我覺得這看法未必正確，你看，張藝謀導演，在國內的旅遊景點，出品了多個相近的大型表演，叫「印象」，如《印

象 ● 麗江》、《印象 ● 西湖》等，非常受歡迎。因為旅客去不同地方看表演，大多為了消遣和娛樂，只要好玩好看，管它是「本地薑」還是「過江龍」。所以，如果澳門還是專做外國賭場的「二手表演」，徒增演出成本，未必有利，更何況講英文的表演，沒有親切感。這些賭場應該支持澳門本地創作，再加上外國人才，東西合力，創造出一些在香港、內地或外國都未必能夠生產的作品，那麼這些獨門的「澳門特產」，將會為澳門所期望發展的「文化產業」，帶出非凡的貢獻。

自從澳門開放賭業多年，許多「來路」表演節目，已經耳熟能詳，或者試試來個中外合作的《印象媽祖》（媽祖又名娘媽，福建人，能預言吉凶，死後，常顯靈於海上，幫助漁民消災解難，四百多年前，葡國人抵達澳門，在貢奉媽祖的「媽閣廟」前登岸，誤以為「媽閣」是這小城的名字，於是便叫它「馬交」，即澳門的外語發音），其實本地內容，只要精彩，可能更受歡迎。

大家有沒有去過長沙，每天晚上，會有五花八門的相聲、小品、地方曲藝、雜技、歌舞表演等，不僅種類豐富，而且演出水準奇高，一個個的湖南節目，一批批的表演人才走向全國，誰敢說「本地薑」不辣，所以，澳門值得參照《水舞間》這類成功的經驗，再創出有自己特色的舞台出品。

外國學者 Thomas Ksiazek 和 James Webster 做了研究，發覺表演所用「語言」（language），所產生的「文化親近」（cultural proximity），可以極度影響觀眾對節目的挑選喜好。那些常常覺得中國人要在賭城看外國人表演才算「高級」的心態，其實是「隔籬飯香」的毛病，也可能是民族的自卑。中國開放改革至今，仍

然未有「軟實力」的娛樂文化作品，足以傲視國際，希望未來在澳門的財力支持下，可以走出驚人的先例。

澳門發展了舞台娛樂文化多年，已經聚集了一批國際人才，但是以外國表演為模式的複製品，觀眾已經有點慣悶，所以，我們期待澳門突破，加強中外合作，為澳門的文化軟實力，大放異彩。

年輕人舞台劇好看嗎

　　香港有兩位劇場人打開了內地市場：林奕華和高志森，他們能創作、能管理、能宣傳。最重要，他們懂觀眾要甚麼。

　　認識高志森快三十年了，是杜國威老師介紹，他們是話劇拍檔，合作的《我和春天有個約會》和《南海十三郎》絕頂成功，橫掃香港。那年代，電影盜版猖獗，在旺角、灣仔等地區，數元便買到VCD，誰去戲院？於是，電影院一家家倒閉，高志森說：「如果可以把戲院租下來，變成長久演出的小劇場，那多好。」當然，那是一個不可能的夢。

　　夢，是人類生存下去的空氣，夢想找到一份好工、夢想找到快樂、夢想家人幸福、夢想「寒夜裏雪飄過，懷着冷卻了的心窩漂遠方……」。一百個夢想，半個都未必實現，但是，沒有夢想，人便是一隻喪屍，伸直雙手，向前彈跳。年老體弱的，對着一碗飯，也提不起筷子；年輕人，卻背負着千斤的夢想炸藥，化為力量，山洞都可以炸破。

　　高志森送來短訊：「我和四個青年人，葉冬賢、謝家俊、陳律廷和伍兆邦合作，做了一個音樂劇：《Beyond日記之海闊天空》（《Really Love You》），在藝術中心壽臣劇院公演之後，下一站是新加坡，請來看吧，給你留座。」我說：「我也搞過小劇場演出，眾多開支，只有數百個座位的收入，經營困難，所以一定

要買票支持。」

　　高志森的作品，不是每一部我都看過，我喜歡「時代感」濃郁的東西，尤其是抽象的。高志森的創作，傾向於傳統和大眾路線，不過，他因此成功打開普羅的市場。

　　音樂人 Teresa Stirling Forsyth 說過：「成功的音樂劇有兩個定義，如果指票房成功（financially successful），則合格的表演已可以，主要是如何催谷票房（行內叫『a crass』），用盡推銷手段，填滿座位。如果指作品本身藝術成功（artistically superior），特別是觀眾的讚譽，必須有三個元素：第一，它有打動人心的主題，例如寫人性方面；第二，台前幕後有優秀團隊，把這個主題表達出來；第三，有完備的市場策劃，如何按部就班，把市場和內容配合。」

　　我想補充一點：成功的音樂劇最重要有爆紅的名曲。你看，《Cats》不算超級精彩，但是一首觸動心弦的主題曲《Memory》，卻讓它旺場數十年。音樂劇大師 Andrew Lloyd Webber 後期的作品，都因為沒有大熱的歌曲，無以為繼。有一齣音樂劇，叫《Jersey Boys》，毫不好看，但是有 Frankie Valli 的名曲《Can't Take My Eyes Off You》，最終還被拍成電影。在倫敦，我看過一部不錯的音樂劇，講小男孩如何堅持夢想，成為專業芭蕾舞蹈員，叫《Billy Elliot》，可惜沒有一首好歌，結果也未能全球大熱。

　　我猜高志森明白這道理，他採用了名音樂劇《Mamma Mia》的公式，即是用知名樂隊的歌曲，串連整個故事，他以前也用過這方式，把梅艷芳、張國榮等歌曲編成故事。今次，他再下一城，用了上世紀八十至九十年代香港樂隊 Beyond，流行於香港以及神

州大地的歌曲有《無聲的告別》、《真的愛你》、《喜歡你》、《昔日舞曲》、《歲月無聲》、《Amani》等，編成音樂劇。最叫觀眾喝彩、驚呼狂叫的當然是神曲《海闊天空》，內地年輕人都懂得唱，這首歌紅到有韓語版及日語版，是香港人驕傲的文化遺產！

《Beyond日記之海闊天空》的故事簡單：King的樂隊本來是寂寂無聞，在街頭賣唱，自從Victor加入後，他們一起尋夢，樂隊一炮而紅，此時，他們卻就樂隊的方向出現分歧，因此解散，不過，大家的發展不及往昔，會否重組樂隊呢？高志森聰明地不把樂隊Beyond的真實故事搬上舞台，原因可能有兩個，如果要徵求Beyond成員的授權，非常複雜，特別是其中一位骨幹人物黃家駒已經逝世；此外，如果故事有甚麼錯誤的地方，更可能被法律追究。

我是Beyond的超級粉絲，我唸男校成長，聽到一群男孩子在唱失落的夢想，特別神傷。Beyond在Cantopop（粵語流行曲）的發展歷史上，有着叫人尊崇的貢獻：他們首次把Cantopop提升至現代文明人的思想水平，他們的歌不是在於情情愛愛，而是關心社會、災難貧困、人類議題等。個人最愛的歌是《俾面派對》，作為律師，一天到晚都要應酬，聽到歌詞唱「無謂太過有性格，派對你要不缺席，你話唔俾面，佢話唔賞面，似為名節做奴隸……」，立刻噴飯，道出我們這些「專業小企」的心聲。

《Beyond日記之海闊天空》扎實好看，劇情緊湊，沒有半點悶場。四枚年輕的男演員是閃耀的，充滿實力和魅力：伍兆邦是鋼琴師和編曲家；陳律廷是香港演藝學院碩士，曾獲全國青少年敲擊樂大獎，現在是香港中樂團的特約樂師；謝家俊是職業歌手，

青春可愛，是明星的材料；最矚目的是葉冬賢（Wayne），他唱歌，簡直是黃家駒的「翻生版」，183cm以上的高度，又有演技和性格。他畢業於香港大學文學院，考到了一份前途穩定的政府工，工作數年後，決定放棄，追尋夢想，於是參加歌唱比賽，獲得冠軍，跟着跑去法國參加國際比賽，獲得第三名。

原來葉冬賢的經理人也是藝人，我的朋友高皓正，世界太小，當年在中文大學，被叫做「校園謝霆鋒」，但是他放棄做「萬人迷」，卻尋找一個成家立室的夢，轉眼間，看到一個大男孩變成數個孩子的爸爸，我問皓正：「為甚麼你這麼有眼光，簽了一位有才華的藝人？」他答：「是冬賢的哥哥介紹的，他原來已被其他公司發掘，準備簽約，但是Wayne想有更多個人藝術空間發展，他於是選擇了我們。」

這齣音樂劇的成功，四位年輕人的動人演出，居功不少。他們要彈撥、唱歌、演戲，雖然仍有點青澀，但是絕對不凡、充滿默契和爆炸力，連Beyond成員的小動作也模仿，非常認真。

高志森今次由於小劇場的預算所限，所以「粗製」而不「濫造」，特別讚賞它的燈光，在沒有錢的情況下，仍然營造出演唱會的特別效果，設計師的努力沒有白費，觀眾感受到「行貨」和「心血結晶」的分別。年紀愈大，我愈喜歡小劇場，數百人擠在一起，台上和台下即時溝通，演員和觀眾親密得可以打眼色。

問高志森，對「四子」的感覺，他說：「當年，我認識Beyond，曾經穿過一件Tokyo Disneyland的T-shirt，和他們合照，誰料到家駒最後是魂斷東京。今天，面對四個扮演Beyond的新人，竟然是二十多年後的事情，很奇妙的感覺。伍兆邦說話不多，

但是內心充滿熱情，特別對音樂的投入。謝家俊是四人之中最年青，非常友善，好有分寸。陳律廷開心搞笑，對工作的要求很高。葉冬賢歌唱很好，有修養、自信，性格冷靜，而且好學。我在圈中多年，見到有潛質的新人輩出，只希望香港的舞台作品，能夠經常在本地及外地演出，讓這些年輕人多些磨煉，不要埋沒他們的潛力！」

我想起香港著名運動員陳偉豪的一番話，他的大意是：「技術可以從訓練中改善，但是，新一代多是在溫室長大，到由強變弱的時候，完全不懂得面對失敗。每個人總會遇到低潮，你可以離開，也可以留低，就是因為我選擇『堅持』，才可以留下來做了二十多年的球員。這種運動精神，正是香港人最需要傳遞開去的！」

在文化和演藝圈多年，見盡不少有潛質的年輕人，可惜一個個放棄夢想，出現一陣子便消失，選擇了穩定的生活。但願《Beyond 日記》的四個年青新秀，在高志森的帶領下，把這音樂劇再改進，讓這作品可以長期出口，發展成為香港的軟實力。

耳畔中，Beyond 在唱「背棄了理想，誰人都可以，哪會怕有一天只你共我……」。

城市大學的 Art Deco 展覽

　　你可知道人類在上世紀二十到四十年代，有過一段光榮的美學歷史，叫 Art Deco（裝飾藝術），這風格以優雅的幾何圖案、活潑的線條為特色，簡化了過去的繁複，火紅於歐洲、美國和亞洲。二次世界大戰以後，Art Deco 慢慢褪色，藝術世界跟着有「Abstract Expressionism」（抽象表現主義）、「Pop Art」（通俗藝術）、「Minimalism」（極簡主義）、「Conceptual Art」（概念主義）、「Deconstructionism」（解構主義）等，不要以為藝術只藏在畫廊和展覽館，和你無關，這些思潮影響後人的日常生活，如家居、服飾，甚至一張明信片。做人，如果只懂工作和吃喝玩樂，而不知道其他人在思想上、修為上，曾經作出偉大的貢獻，反而毫不動容，每天過着「生存」而不是「生活」的日子，沒有善用文化和藝術來改變人生，這便是大部份的香港人，也許是中國人的可嘆。

　　成立於 1984 年，香港城市大學（City University of Hong Kong）本來只是一家細小的理工學院，1994 年，獲升格為大學，近年，更成為香港八大名牌大學之一，真的不懂得「城大」吃了甚麼 whey protein 長大。在八十年代，它只是在旺角彌敦道的一座商業大廈創校，附近是街市和「女人街」，環境嘈吵可怕。後來，政府把它搬去了九龍塘高尚的住宅區，前面有時髦的「又一

城」商場、地鐵站、獅子山的巍巍聳立、九龍半島的風景，還有恬靜的婆娑街道。如果要我再唸大學，一定挑選城大，我是「city man」，喜歡在動容的都市閒逛：香港大學躲在悲情的西營盤老區；理工大學被天橋包着，像交通安全島；中文大學和科技大學遠在六親不認的郊區；其他大學的校舍，外貌平凡得像實用中學。

在香港，最初主辦展覽的大學，是「香港大學馮平山博物館」（現在改名，叫「香港大學美術博物館」）。後來，中文大學的藝術系和文化研究所都搞展覽，跟着浸會大學和理工大學加入戰圈，主辦藝術創意展覽，一比高下。過去大學的這些展覽，沒有讚不絕口：有些題材太嚴肅、有些手法傳統、有些只是學生的畢業作品、有些資源有限，弄不出苗頭。

城大的校舍，本來普普通通，地點卻一流，可惜校舍像政府辦公大樓。突然，在 2013 年，落成了一座現代又漂亮的多用途大樓，叫「劉鳴煒學術樓」，是校園最高之樓宇，叫人耳目一新。原來是香港著名的呂元祥建築師事務所設計的，怪不得成為整條達之路最矚目的地標。一直想進去「八卦」一下，機會來了：城市大學於 3 月至 7 月，策劃了一個展覽，叫「裝飾藝術：當法國和中國交匯」（Art Deco: The France-China Connection），展示法國 Art Deco 如何起源，然後傳入中國，影響中國人在二十至四十年代的生活。看過一些 Art Deco 的展覽，其實只是歷史圖片展，或簡單地放置數件文物，可能因為 Art Deco 的東西，要找出來，已是接近一百年的古董，如果展覽沒有可觀的財政預算，不容易處理。藝術界朋友說：「它是近年民間策展得最出色的一個展覽，探討 Art Deco 於法國的緣起；Art Deco 如何流入中國；然

後，中國風又如何影響歐洲的 Art Deco。展覽除了法國的展品，還有 Art Deco 在香港、上海和杭州的留痕。最好玩的，是它顧及普羅大眾的趣味，比方它解釋灣仔君悅酒店的大堂建築風，便是 Art Deco、上海當年賣花露水的廣告，細節也有許多 Art Deco、我們的一些日常用品如化妝小盒子，都暗藏了 Art Deco 的風格。」

還等麼？我立刻趕去九龍塘地鐵站，先在商場的 COVA Pasticceria & Confetteria（天呀，甚麼的名字）喝了一杯好咖啡，扮扮闊少，打好底，過了馬路，一口氣跑上斜坡，到了一個清風送爽的入口高台，乘電梯往「劉鳴煒學術樓」的十八樓（這些命名大樓最令人尷尬的地方，是要我們一天到晚叫喊別人的名字，老人家的名字還好，劉鳴煒才三十多歲，外號「Package 劉」的他，英俊、能幹、富貴，被視為首席鑽石王老五，「港女」的必殺目標，但是我們男的並非癡男，卻要常常呼喚「劉鳴煒」、「劉鳴煒」，認真冤氣！）。展覽場館是暗暗的，靠聚焦光源帶路，卻是我的口味，我害怕「大光燈」的展覽，像去檢查證據，心都未能安靜地欣賞。

展覽從法國、香港和上海多家博物館、機構及私人收藏，千辛萬苦，爭取人家同意，才搜羅了三百多件展品，有些還是大型傢俬，所以，雕塑、畫作、海報、服飾、陶瓷、玻璃、珠寶、化妝盒都齊全，珍貴難得，價值連城。展覽策劃主導是法國人，包括 Emmanuel Breon。「Art Deco」是城大展覽館開館以來第八次展覽，真高興，這所大學的藝展，愈做愈精彩，其他大學還不急起直追？對我們草芥來説，看這些藝展，有五個要求：做足功課，不要思維表達紊亂；第二，要深入淺出，市民不是來看複雜的學

術研究；跟着，場地要佈置得宜，不像走進了政府的宣傳場所；然後，藝品珍貴，才會驚喜；最後，要有趣，例如好玩的裝置，讓小朋友不會淡出個鳥來。

　　以前，大學對於想發財的人來説，是個「金」字塔，因為大學畢業，便有好工作；而對老百姓來説，是個象牙塔，因為校園的讀書人，與世無關。清新可喜的是近來香港的許多大學開始投入社區，主辦文化、藝術、創意的展覽，好處多的是呀：可以讓市民走入不同的大學校園，認識他們。對大學來説，藝術發展是建立「品牌」的好宣傳。大學除了推動思考，有責任改善學生的修養素質，所以，就算是「科技大學」，也應該有藝術活動。捐款支持大學的人，除了因為它的學術成就，還期待一所大學是文化的孕育田園。所以，大學主辦藝術展覽，更能打動他們對大學的撐持。

　　以往大學的藝術展覽，有些是雷聲大、雨點小；有些是毫不貼地、親近民情。今次城市大學的「中法 Art Deco 交匯展」，真的讓人眼前一亮，不禁會問：「為何一所非藝術大學，會有能力弄出這樣欣喜若狂的高品味藝術展覽？背後是由誰主催？如何克服千個難題？這次成功之後，還有下一轉嗎？」

　　在十九世紀，人類仍然喜歡充滿精準的東西，比例、構圖、勻稱、明暗都要一絲不苟。但是在第一次世界大戰之前，一股新思維正蠢蠢欲動，叫「Art Nouveau」（新藝術運動），開始追求自然的結構和線條。而後來的 Art Deco 美學運動，帶動的是 1925 年在巴黎舉行的展覽，叫「國際裝飾工藝博覽會」，他們的宣言是「One must be Modern and make it known to the world」（來，

一起現代，公諸於世），於是，一場以改變圖案和線條為主調的藝術大革命，張開了世人的眼睛！

　　希望香港將會有一場藝術運動，叫做「Art Uni」，由城市大學今次的展覽帶動，於是香港十多間大學能夠接連良性互動，為了大學，為了學生（不要入了校園，再聽到有些大學生滿嘴「粗口」），為了社區；來以藝術改善整個學界以至社會，包括每一個香港人的文化和修養。那麼，我們的城市才配稱國際大都會！

「Green & Art」度假酒店

　　富有的財團存在與否，不由你選擇，但是，他們是否為社會做點實事，那卻可以選擇的。

　　信和集團的年輕管理層，想為香港的文化和創意做工作，他們對環保和藝術，皆有抱負。

　　最近，他們邀請我去信和的香港黃金海岸酒店參觀，那裏有美麗的沙灘，附近還有著名的三聖邨海鮮市場，非常適合一家大小度假。在 2018 年，他們打造了一個項目，叫「Gold Coast Green Journey」（黃金海岸綠旅程），很有社會意義，包括建立了一個 organic farm（有機農場），種植太陽花、木瓜、芒果等二十多種植物。其中最吸引我的，是把藝術元素加進環保活動。

　　環保和藝術，有四個共通點：兩者都是為了人類更美好的生活；而且，它們和物資主義對立，召喚人類回歸簡約精神；跟着，環保和藝術，是兒童教育的重要焦點；而第四點則叫人惋惜，環保和藝術都被香港人多年忽視，社會依然生產大量無謂商品，製造大量垃圾。

　　我叫信和的概念為「Green & Art」，即藝術和環保走在一起。藝術融合別的東西，有兩種方法：一種是「二合為一」，叫「fusion」；第二種是「二者跨通」，各自精彩，稱為「crossover」。今次，香港黃金海岸酒店的手法，不知應該稱為哪一種，他們找了

數位藝術家合作，做了一間「Green Upcycled Themed Room」（綠色升級再造房），把藝術加入環保，例如把棄掉的膠樽，拼湊出牆上藝術作品，又把雜誌加以處理，製成美麗的茶几和椅子。我看完後，四個字形容：「大開眼界」！

對於今次「Green & Art」的初體驗，我委實興奮，找了信和同事 Melanie Kwok，八卦一番。

Melanie 說：「我們的年輕老闆，都關心地球保護和人類幸福，當人們每天不斷追求物質享受，然後又浪費它們，這樣的生活，無論在物質上或精神上，都不可能 sustainable（持久）。故此，公司成立了一個『可持續委員會』，看看在業務運作上，如何帶動新風氣，當我們取得經驗後，和其他朋友一齊推動，大家的生活進步之餘，地球也可以喘一喘氣。除了那一間藝術房，我們還有廚餘處理機器、太陽能板、環保水機等環保裝置。」

我問 Melanie：「把藝術和環保加在一起，有甚麼體會？」她想想：「每一樣新事物的誕生，除了最後的 result（結果）之外，更要注重之前的 process（過程）。過程當中，除了思考如何克服困難，更要斟酌如何設計流程，讓它更有意義。舉例來說，我們製造環保床旗的碎布，是來自酒店棄用的檯布，要慢慢儲起來，不能急。我們當然可以向外面訂一大堆碎布料，但是這樣做，意義便大打折扣了；同樣地，我們藝術家所用的過期雜誌、雞蛋盒、酒瓶塞等等的『再生』物料，都是逐少逐少儲存回來，然後再造。雖然過程麻煩了，但是這才有意義。」

我明白：「怪不得以往善用廢料，叫做『recycle』（回收再造），現在是『upcycle』（升級再造），過去收集垃圾塑膠瓶，

送回工廠清洗再用，便是『回收再造』。現在，把廢物收回來，加以改變，『輪迴』提升為藝術品，所以叫『升級再造』。」

Melanie 有感而發：「我難以忘記的，是我們的木匠説：『樹木，本來有生命力，我們把它斬伐下來，為的是作業，養活一家人，故此總有歉意。但是，現在有機會把木塊變成一件藝術樂器（酒店把廢木造成一個夏威夷小結他，讓房客的父母和小孩子，開開心心，一面欣賞結他的彩繪圖案，一面彈出好玩的音樂），撿回它的生命力！』這番話，叫我感動。」

木匠的説法，也讓我雞皮疙瘩：每天我的辦公室都產生數桶垃圾，那些過期的法律文件，為了保障客人的隱私，要一堆堆地剪碎，其實，我們不單毀滅一張紙，而是毀滅一顆顆的樹，甚至一個個的森林。

更可怕的事情，是我家裏附近住了一個野豬家族，牠們不怕人，但是也不會傷害人。有一天晚上，看到豬媽媽帶着五隻小豬出來山邊覓食，小豬豬年紀輕，不知好歹，竟然把塑膠袋吞下肚裏，當時，我沒有制止，回心一想，真麻木不仁。

我問 Melanie：「如果有其他機構，想學習『Green & Art』，可否公開一些心得？」她微笑：「不算甚麼心得，但是有五點，可以分享：首先，『上下一心』非常重要，如果老闆不相信環保想法，要推行創新的東西，幾乎沒有可能。第二，宣傳很要緊，但是，應該如何推廣呢？不論機構多大，總有預算的限制，我們只好靠『word of mouth』（口碑傳口碑），邀請一些『網紅』來參觀，再邀請一些環保團體來合作。日子有功，志同道合，我們感染了一批朋友來協助宣傳。跟着，是虛心聽取批評，

因為新生事物，永遠有改善空間。第四，便是提供一些『誘因』，加快目的，例如我們不希望濫用毛巾，不能只在房間放一塊『溫馨提示牌』那般簡單，於是想出一個辦法：凡客人自攜毛巾，酒店會送上晚餐贈券，結果受到客人歡迎。最後，我稱之為『total experience』（完全體驗），除了改造酒店設施，亦為客人舉辦教育講座，讓他們了解目的，大家討論，看看如何把香港弄得更green、更 art！最近，我們探討牆壁顏色的原料，可否也用『環保』的，結果找到一隻環保顏料，於是，環保和藝術，又走前一步。」

我望着充滿笑容的 Melanie：「你個人的感想呢？」她甜蜜地說：「我最近做了媽咪，感受到『生命帶來生命』的喜悅，但是，我不想把一個污染的地球交給下一代，我希望小朋友明白：地球有盡，但是環保的可能性和藝術的可塑性，卻是無窮無盡的。」

和 Melanie 談天說地，使我上了珍貴的一課。Melanie 補充：「過去，經濟活動和環境保護好像互相抗衡，我希望更多的商界，能夠把兩者和諧共存，但願有更多老闆，在營利之餘，多花點心思和資源，使環境變得更美好。最近，我們決定把酒店的舊床單送去台灣循環再生，把它們製成圍板。當大家觸摸這些圍板時，可會想到它的『前世』竟然是一張床單！這叫做 circular economy（循環經濟）。」我想起另一個 circular economy：「數年前，我在倫敦 Bond Street 的畫廊，看到一幅質感奇怪的畫，於是問老闆那是甚麼物料，老闆說：『藝術家把路邊一層層的塵漬撿回來，壓成厚板，再在上面作畫。』聽到後，我不敢相信世間有這樣創意的環保藝術！」

家父家母常常教訓：「做人別貪心，三餐溫飽，無穿無爛。」

自己每年都棄掉一大堆衣服，是時候開始環保，重新做人。

　　另一位朋友，他經營工廠，不算富豪，卻每年捐贈百萬計的錢，幫助窮人；香港的「自由資本主義」走了樣，弄到今天青年人仇富，是因為有些資本家「賺得太盡」。我稱讚這位關愛社會的朋友，誰料到他俏皮地説：「我哪裏是好人，我只是自私的商人，不過笨的自私人，只關心自己口袋留住多少錢，我是聰明的自私人，我要社會環境改善，大家都富裕，那麼，我自然從這大家庭，賺到更多的錢，明未？」哈哈，真是謙虛的大智慧。

　　我們常説「拋走」一件垃圾，地球這般小，真的可以消失嗎？垃圾腐壞躲在暗角，反遺害人間。

曼谷當代藝術博物館 MOCA

我患有「幽閉恐懼症」，別人進入埃及金字塔參觀，我只能在外面呆坐。坐飛機凡超過六、七小時，便會不適，所以怕飛遠地方，只常玩亞洲，成為東南亞「旅遊精」。

從上世紀八十年代，便「蹓躂」東南亞，穿着背心、拖鞋，走過大街小巷，像他們的街坊，深夜時分，坐亡命「電單車的士」回酒店，青春的可貴便是勇於嘗新。八十年代初期的曼谷，都是矮平房，最繁榮的 Siam Square，像個平民坊，店舖賣工藝品，後來對面才蓋了 Siam Center 和 Paragon 商場。

那個年代，馬尼拉的治安不好，警察也會問錢；耶加達非常落後，晚上市區漆黑一片；「星加坡」（當時不叫「新加坡」）地方小，一兩天走完；吉隆坡是個回教城市，禁忌很多。大家最愛去的，便是曼谷，它是香港人的後花園，清潔（可惜愈來愈走樣）、友善、開放，泰菜又好吃，你還記得 1984 年的一首世界名曲叫《One Night in Bangkok》嗎？泰國人打招呼，兩手合掌，説「sawat-dee-krap」，我有個朋友在香港也這樣和人打招呼；可惜泰國和日本一樣，新一代已少彎身鞠躬，大家放棄傳統禮儀，這是全球一體化的可悲。

將至的新年，許多人會去曼谷，值得花半小時的交通，去曼谷當代藝術博物館（Museum of Contemporary Art, Bangkok 或

簡稱 MOCA Bangkok）。坐 BTS 空鐵到 Mo Chit 站，轉計程車便到。它樓高五層，超過 800 件展品，是 2012 年落成的私人博物館。「發財立品」是香港商人必須跟別人學習的。

「泰國」意思是自由國家，又被稱「微笑領土」（Land of Smiles），文化包容度很強。欣賞一處地方的博物館，先簡單了解它的地理和歷史，才會產生興趣。例如在東漢時期，中國瓷器已傳入泰國，你又知道嗎？

和泰國邊境接壤，有四個國家，馬來西亞、老撾、柬埔寨和緬甸。泰國人口大概七千萬，種族相當豐富，有泰族、蒙古人、高棉人、中國人、馬來人、波斯人和印度人的後裔。超過 90% 的泰國人信奉佛教，法律規定泰王須為佛教徒。

約 5,000 年前，泰國北部已有文明的跡印，公元一世紀，開始出現不同王國。1238 年，素可泰王國建立（Sukhothai Kingdom）。輾轉變化，1782 年出現查克里朝代（Chakri Dynasty）。1932 年，發生革命，泰國此後成為「君主立憲制」（constitutional monarchy），國王權利受控於國會，結構沿用至今。

歷史上，雖然泰國先後受到葡萄牙、英國、法國等入侵，但是在亞洲，只有它和日本從未成為殖民地或割地求和，因為在十九世紀，泰國已吸收西方經驗，進行社會改革；1941 年，雖然被日本佔領，但是它宣佈加入「軸心國」，幸免失去主權。

由於泰國種族複雜，可說沒有純種的泰國人，故此，在過去的千多年，它不斷吸收和融合外來文化，周邊國家的文化包括畫作、雕刻、舞蹈和音樂滲入，使泰國藝術多姿多彩，而佛教除了

是泰國禮教的準則，更是文化的內容和創作力，別的宗教如印度教等，亦同時影響泰國的藝術面貌。

個人的見識有限，但是對泰國藝術有兩點體會：有些國家在藝術方面會堅持正統，但是，泰國樂意效仿西方。在 20 年代，已邀請意大利藝術家 Corrado Feroci 到曼谷成立藝術學院；又例如「舊國會大廈」（Ananta Samakhom Throne Hall），內外都「不西不泰」，非常別致。此外，由於泰國歷史平穩，他們的藝術發展是「漸變」的，所有風格都是有根可尋，藝術家從傳統中吸取靈感，再以新手法改良，我深深被他們對傳統的尊重所感動。香港人文化根基薄弱，往往把傳統的東西貶為「老土」，泰國年輕藝術家為傳統驕傲，正是一個民族應有的自尊。

數年前，有機會和泰國的文化部長會面，他說由於「當代藝術」（Contemporary Art）興起，泰國也希望趕上這潮流，結果曼谷舉辦了數屆的「泰國當代藝術展」（Exhibition of Thai Contemporary Art）。他們的作品往往是新新舊舊，非常具特色；在亞洲，新舊藝術混合得水乳交融，除了日本和韓國，泰國絕對後來居上。

以上種種，都可以在曼谷 MOCA 博物館感受得到，那是一場非常精彩的靈魂洗禮。在 G 階，他們有不錯的紀念品店（我買了一個木造的「煲呔」）和咖啡館。二階是眾多當代藝術家的作品，包括 Kamol Tassananchalee，他是國家級的人物，1944 年出生，擅長玩「跨媒體」（mixed media）。

三階展出其他眾多名家的作品，我最喜愛有一個展覽廳，是向泰國史詩《Khun Chang Khun Phaen》致敬，詩歌寫於 1872 年，

講述兩男（一個窮，但是英俊；另一個有錢，卻愚笨）一女的愛情鬥爭，對泰國人來說，這故事家喻戶曉，博物館用了畫作來表達這巨著。

到了四階，如果累了，這層樓的東西可以「速看」。不能錯過的，是三幅巨型畫作，叫《天堂》、《中土》和《地獄》（《Heaven, Middle Earth, Hell》），詭異、神秘，值得駐足。

最後一層是五階，半天都過去，幸好這層樓換了口味，是國際當代藝術，美國、挪威的東西都有，連法國印象派名師 Pierre-Auguste Renoir 的作品都有，誰是 Renoir？你必定看過他十八世紀的作品叫《雨傘》（《The Umbrellas》），畫中的小女孩，皮膚白裏透紅，腼腆可愛，對我來說，比蒙娜麗莎還美麗。

有些人旅行，喜歡找新地方，有些人只愛老地方，曼谷優勝之處，便是吸引了一大批後者。我有很多朋友，一年必定要去曼谷兩、三次，試新酒店、逛商場、泰式按摩、還要去拜神。曼谷吸引人之處，是任何事情都可發生，包括好的和壞的，既是天使，亦是妖女，恐怕原因就是泰國人的包容，讓這城市魅力沒法擋。故此，在曼谷大吃大樂之餘，能有這般美妙的藝術館，意外吧？泰語有句話叫「mai pen rai」，泰國人幾乎天天都說這一句話，對於早晚都緊繃的香港人來說，它是苦口良藥，它的意思是「沒關係，一切都可以」，所以，人在曼谷，真的無可，無不可……

流行歌曲的十種工具

當你去卡拉 OK 唱歌，「爆發潛能」的時候，有沒有同時吸收「外來營養」？「爆種子」表演的一刻，還懂些專業知識，做個全能歌手。那麼，你知道一首流行歌曲常用的十種伎倆嗎？

這十種元素，有些被視為一首歌曲的基本結構，不過在「無可無不可」的今天。所謂「結構」，也只供參考而已，例如 chorus 叫「副歌」，其實它一點都不是輔助性質，它是歌曲的精華。這些名詞，目前的翻譯並不理想，為了讓大家容易明白，我還是用回英文吧，也嘗試把名詞重新翻譯一下。

（1）Intro（引子）

（2）Verse（主歌）

（3）Pre-chorus（前副歌）

（4）Chorus（副歌）

（5）Outro（結語）

（6）Solo（單奏）

（7）Interlude（插奏或間奏）

（8）Bridge（連接段）

（9）Tag（標記）

（10）Hook（鈎印）

希望這樣說，中文和英文會更清晰一些。

流行歌曲起碼有這四種基本部份，跑不掉的：

（1）引子（intro）

（2）主歌（verse）

（3）副歌（chorus）

（4）結語（outro）

大家上網聽聽張學友的神曲《每天愛你多一些》，它的 intro 便是利用音樂，領引聽眾進入一種境界。Intro 是一首歌的熱身，傳統的 intro，要長時間營造氣氛，今天的聽眾都是上網從十多首歌中挑一兩首來聽，聽了數十秒，還不知好壞，便立即跳過，故此，平凡的 intro，會拖掉整支歌。然後，verse 便出來了，它的篇幅通常最多。Verse 是說故事的文字段落，歌曲沒有 verse，便沒有故事；沒有故事，歌曲便不吸引。但以今天的標準也不一定了，今天歌曲沒有旋律，只有節拍，也可視作一首歌。更有人說：「《Happy Birthday》這首歌，其實甚麼都沒有，它只有 chorus 的幾句，卻變成全球最流行的歌曲。」

好，現在看看《每天愛你多一些》的歌曲結構：

《每天愛你多一些》

• 利用音樂做 intro

• Verse 1

無求甚麼　無尋甚麼

突破天地　但求夜深

奔波以後　能望見你

你可否知道麼

• Verse 2

平凡亦可　平淡亦可
自有天地　但求日出
清早到後　能望見你
那已經很好過
- Pre-chorus
當身邊的一切如風　是你讓我找到根蒂
不願離開　只願留低　情是永不枯萎
- Chorus
而每過一天　每一天　這醉者
便愛你多些　再多些　至滿瀉
我發覺我最愛與你編寫
哦噢　以後明天的深夜
- Chorus 重複
而每過一天　每一天　這醉者
便愛你多些　再多些　至滿瀉
我最愛你與我這生一起
哦噢　哪懼明天風高路斜
嗚⋯⋯
- 跟着，利用音樂做 Interlude
- Verse 3
名是甚麼　財是甚麼
是好滋味　但如在生
朝朝每夜　能望見你
那更加的好過⋯⋯

- 最後，利用音樂做 outro。

剛才說過 verse 的作用，便是敍述故事，而 chorus 則是這個故事的高潮，歌曲的主旨。如剛才的 chorus「而每過一天，每一天，這醉者，便愛你多些，再多些，至滿瀉，我發覺我最愛與你編寫，哦噢，以後明天的深夜」，是這曲的精華所在。

甚麼是 pre-chorus 呢？有些歌曲，在 chorus 高潮之前，想聽眾在情緒上產生懸念或期待，到了高潮真的到來，更覺精彩，於是便來一小段歌曲，為 chorus 引路。大家看看，張學友唱出 pre-chorus「當身邊的一切如風，是你讓我找到根蒂，不願離開，只願留低，情是永不枯萎」，情感上和上一段的 verse 及下一段的 chorus，毫不一樣，設計出動人的分別。

Outro 便是一首歌的結尾，可以是音樂，也可以是唱歌，或輕或重，或快或慢，作用是讓聽者對這首歌回味無窮，餘音裊裊。唱名曲《血染的風采》的歌星，往往在最後把「的風采」三個字拖得很長很長，或加上「呀……呀……呀……」來加強這首歌的震撼力，這就是 outro 的作用。

從市場學來說，每一首流行曲，都要有一個「賣點」位，或叫 hook，勾着聽眾的記憶，成為這首歌曲的印記；一般會把 chorus 用來作為 hook，例如劉德華的名曲《忘情水》，chorus 的「給我一杯忘情水，換我一夜不流淚」便是一個 hook。有些人把 hook 放在歌曲的中段，例如經典歌曲《做個勇敢中國人》，中段便激盪地唱出「做個勇敢中國人」，成為一個出色的 hook。有些人則把 hook 放在歌曲的首段，例如經典歌曲《夜上海》。

Tag 是音樂的小節，可藏在 chorus，或在歌曲尾段，有人說

它是「hook 中的 hook」，它可能比一段的 hook 更濃縮，功能是讓一首歌曲有些小節非常突出，容易上心。例如 Louis Armstrong 的《What a Wonderful World》這四個字，很多人都記得那幾個音符「what a wonderful world」；香港天后林憶蓮的名曲《灰色》，許多人記得的便是它的 tag「灰色　Ha　Ha　Ha　Ha　Ha　Ah　Ha…」

當你聽一些流行歌曲，發覺突然會有一段音樂演奏，讓你精神為之一振，好像除了歌者以外，還多了一個表演嘉賓？這就叫做 solo。Solo 常是結他、鋼琴或小提琴演奏。喜歡音樂的你，當然有聽過 Eagles 的首本名曲《Hotel California》的絕妙結他演奏，因為這隊樂隊精於結他，當然要來一段「曬冷」，顯示 solo 的實力，讓聽眾得到一份額外的享受。

甚麼是 interlude 呢？它是歌詞之間的一段音樂插奏；有時候，作曲家覺得單是歌詞，不足以表達歌曲的情感或意思，於是，加插了一段樂段，把上面的歌詞和接着的歌詞用音樂縫合，它不像 solo 的作用，是讓個別樂師來「曬冷」，反而編排一樂段，讓 interlude 以純音樂來接連前後內容，襯托歌曲的主題。有數個好例子，它們便是樂隊 Marmalade 的歌曲《Reflections of My Life》、歌手 Jim Croce 的歌曲《I'll Have to Say I Love You in a Song》。

最後，何謂 bridge 呢？它和 interlude 不同之處，是有歌詞的樂段。它和歌曲的前後風格部份並不相似，相反，bridge 帶點迴異，它從「東山飄雨」帶去「西山晴」，用意是使一首歌曲變化起來，從一個境界引進另一個境界。最經典的例子是 John Denver

的《Take Me Home, Country Roads》，歌者唱完 chorus「take me home, country roads」，音樂突然變化另一風格，John Denver 唱出「I hear her voice in the morning hour she calls me … yesterday, yesterday」的一段 bridge，才回到正常的 chorus「country roads, take me home」，這個 bridge 是非常經典的。

任何藝術，懂得理論非等於懂得創造，不然的話，所有音樂老師都會成為優秀的作曲家。同樣地，當你去卡拉 OK 一顯身手的時候，能夠分析一首流行歌曲的上述十個元素，並不等於大家會變成一位好歌手。當然幫助是有的，例如你知道某段只是 pre-chorus 而不是 chorus，你便要想想：「我如何唱得有別於上一段的 verse，和下一段的 chorus 呢？」又例如唱出 bridge 的時候，歌者的感情應該如何演繹，去碰撞 chorus 的風格呢？

有一句成語叫做「變幻莫測」，當作曲家寫出一首流行歌曲的時候，如何好好利用這十種材料，可能連他也心中沒底。許多美妙的流行歌曲，都是敲門磚，或撞太歲的意外成果，也許作曲便如戀愛，沒有人一定可以愛戀成功，但是當戀愛成功，誰又會關心是甚麼化學作用呢？

今天，你哼唱一首好歌，單身的你，又可否視為一場戀愛？

第四章

影話

《上流寄生族》帶出貧窮問題

　　談到貧窮，誰沒有千言萬語？

　　數十年了：都市過度化、全球一體化、教育普及化、經濟滯脹化、人口老化、上游機會停滯化等等，社會退步，就算人們願意營營役役地生活，也找不到「小王子」（Le Petit Prince）的美好國度。

　　香港數十年前的貧窮，是真的「一窮二白」，沒有錢交租、付學費、買米的那種；今天的貧窮，是經濟發達以後，社會財富分配不均，生活費用因為通脹而增加，可是收入卻嚴重地趕不上，於是，香港愈繁榮，窮困的人愈多，連中產也如學者大前研一所料，打落「下流社會」。教育已經不足以改變命運，中產和基層共命，掙扎在「M型社會」。

　　香港的貧富差距被聯合國點名為全亞洲最嚴重的，那些GDP，只是報告好看。

　　投資作家林一鳴說得對：「香港優勢被內地取代、社會無法向上流、本地青年被邊緣化。置業無望等問題，讓年輕人累積大量的怨氣，當事業目標變得遙遠無望，看不到如何得到合理生活，部份人將怨氣化為行動。」

　　「當香港從『資本主義』變成『資產主義』，擁有資產的三分一人口，生活愈見優游；而無資產的三分二就活在彷徨失措之

中。就算做生意賺到點錢的人，也往往不及收租的業主；而對於有聰明腦袋、有學歷、肯上進的年輕人，也不及擁有資產等升值的懶人。」

我身邊的中年朋友，常常責怪今天的年輕人，沒有日本勵志人物「阿信」的吃苦精神。以往，我也是這般想，但是我想通了：時代不會回頭，不同年代的人，對生活總有不同的標準和期待。我記得小時候，爸爸説過：「星期天，放甚麼假？太不長進了！」後來我長大了，和身邊年輕的律師説：「星期天已可以休息，為何星期六不加班？」現在年輕人對着老闆説：「不合理，我平日晚上要私人時間，不希望『加班』。」強把過去的標準，放在今天的年輕人身上，冰炭同爐，於事無補，恐怕規矩亦要遷就方圓，反正香港未來吃飯吃粥，他們都是蕭何。所以，民生上、經濟上、政治上，年輕人有自己的看法，政府總要想辦法，消消社會嚴重的怨氣，不過，自回歸以來，年輕人覺得政府只是蜻蜓點水，沒有勇氣和決心去釜底抽薪，消弭社會深層次的不公，例如房屋困難、貧富差距、醫療危機、缺乏新經濟等。

最近，亞洲的「揸筷子」地區，不約而同，出現五部關於貧窮的出色電影，而且，每部都獲獎無數：韓國的《上流寄生族》（《Parasite》）、日本的《小偷家族》（《Shoplifters》）、台灣的《大佛普拉斯》（《The Great Buddha+》）、內地的《我不是藥神》（《Dying to Survive》）和香港的《一念無明》（《Mad World》）。

2018 年，日本名導演是枝裕和執導了《小偷家族》，獲得康城影展最高榮譽的金棕櫚獎，故事講述繁榮東京市內有一棟破舊

小平房，住了婆婆、父、母、姐姐、弟弟、小妹妹，一家六口表面貧窮，但看來家庭融洽、互助互愛，不過很快被人揭發驚人秘密，原來他們是完全沒有親屬關係的一群小偷，為了生活，鋌而走險。

2017 年，台灣導演黃信堯拍攝了《大佛普拉斯》，在各地影展佳評如潮，奪得了台北電影節長片獎，電影訴說兩個中年男，一個佛像工廠的警衛和一個拾荒者，他們過着悲哀的貧窮生活，連吃的都是超市丟棄的食品，有一天，他們發現了一宗謀殺案，卻招來殺身之禍；影片透過基層的可憐生活，指出台灣社會的種種荒謬。

2018 年，由內地年輕導演文牧野執導的《我不是藥神》，真人真事改編，收了三十多億票房：在中國，窮人沒有能力購買治療白血病的特效藥，剛巧上海的一個「低端」階層，售賣神油的小混混，從印度偷運仿製藥進口，本意是牟利，卻救回無數窮人的生命。這部現實電影，哭中有笑，從「假藥」事件，引爆出內地貧窮現象所包藏的善與惡。

2016 年，香港新晉導演黃進的處女作《一念無明》，獲得香港電影金像獎多個獎項：貧窮獨居多年的父親，因為患有躁鬱症而誤殺母親的兒子出獄了，於是把他接到自己狹窄的「劏房」居住，不過悲劇接踵而來……到底兒子的精神病是罪，還是貧窮才是原罪。

到了 2019 年，南韓一顯身手，《上流寄生族》為它抱走歷史上第一座康城金棕櫚獎。電影在韓國紅透二十多天，全球觀眾累計一千多萬。男星宋康昊及李善均對香港觀眾來說，毫不陌生，

而大導演奉俊昊在香港，更是受歡迎的，還記得他大賣的《末世列車》和《韓流怪嚇》嗎？

片中，富裕大都會首爾裏，有一處骯髒發臭的「半地牢」民居，住了寒酸得自己也忍受不了的一家人，中年爸爸和媽媽失業，青年兒子和女兒都失學，其實他們不懶不笨，只是社會病了，他們怎樣努力，還落得「貧窮」兩個字。一家人決定不擇手段，盯上了住在花園豪宅的另一戶人家，於是爸、媽、子、女各施各法，對準上流家庭埋手，實行把豪宅「鵲巢鳩佔」的大計，就在此時，出現了意想不到的事情，原來早有另外兩個也窮得走投無路的低層人物，已默默地「佔據」豪宅，到底鹿死誰手呢？到底有錢人是社會的寄生蟲？還是窮人呢？

影片用「好看」來形容，也不足夠，簡直是精彩絕倫，導演兼顧藝術和商業元素，一幕比一幕高潮迭起，全場觀眾過癮，不想離開座椅半步，歡笑、懸疑、悲情，兼而有之，是本年度最有價值的亞洲電影。

五個文化接近的地區，竟然在同一時空，拍出現代社會日益嚴峻的貧窮問題電影：這些地方表面經濟發達、繁榮興旺，有錢人抓到大錢，可是，都沒有和窮等人分享，上下階層表面在同一天空下生活，有來有往，工作和生活的接觸看來平靜和氣，暗地裏充滿矛盾和嫉妒。資本家及資產者可以擁有良好的家庭環境、優質的教育、方便的關係、美好的生活；而窮人卻由於先天不足、後天不濟，除了為口奔馳，根本不可能有甚麼人生規劃，只好等待墮落。

有趣的地方是五部電影反映着不同地域的人民性格，雋永深

刻：韓國的窮人是強悍的，他們火爆，會找機會來報復平反。日本人內斂，一切都是默默無言，無奈承受着生命的風吹雨打。台灣是快樂的寶島，人們樂觀，在最困難的時候，還懂得苦中作樂。內地人充滿生活的激情，生意盎然，窮人就算多苦，也要拚命賺錢。香港則變成狂躁抑鬱的社會，沉重的生活壓力叫人們情緒反反覆覆。

南韓的失業率創新高，青年失業率百分之十以上，雖然政府大升最低工資，卻反而嚇怕僱主，窒礙了招聘。可能是生活不繼，韓國人婚後，一對夫妻也平均生不了一個小朋友，而他們更要等到四十多歲，才有足夠儲蓄，首次擁有物業。

日本經濟低迷了二十年，就算大學畢業，也找不到工作，那些沒有大學學位的，只能夠一生找散工。日本過去只有「老闆階級」和「工人階級」兩種，現在多了一種，叫「流動僱員」（non-regular employees），又叫 freeters（飛特族），他們沒有固定收入，難以建立家庭，成為日本社會的新趨勢，有些中年人窮得不敢面對家人，寧願失蹤，成為 freeters 大軍。

台灣最大問題是不夠國際化，世界服務業不發達，而依賴的工業又西移去了大陸，在缺乏新經濟動力，人口又老化的情況下，老百姓的工資十年來，都沒有漲升，大學生畢業，也只有港幣數千元的月薪，許多人的生活水平，停留在「最低工資」。

叫人意外的，反而是中國內地，可能他們從低點出發，還沒有如其他發達地區困在「樽頸位置」。過去十年，它有着 6 至 7% 的經濟增長，政府大刀闊斧，推行「五險一金」政策（養老險、失業險、醫療險、工傷險、生育保險、住房公積金），滅貧的速

度是世界第一位，可是超過半數人口，仍是鄉村貧農，而財富集中在企業手裏。

現在，五個社會所面對貧窮的棘手核心，是到底有甚麼妙方，可以讓愈來愈多「貧賤生活百事哀」的低下層，有上游脫苦的經濟機會？不用再過「戚戚然而不知去向」的生活？數十年前的窮人，捉襟見肘不是問題，因為他們都懂得「窮則變，變則通」。今天，大家變得「人窮志短」，在民權入雲的當下，大家都覺得政府是責無旁貸；而且，以往有工作便不會貧窮，今天，在這些地區，特別是香港，產生一件「貧窮新品種」，叫做「Working Poor」，即是「在職貧窮」，有工作卻還是活得不像樣，那才是社會最大的銬鐐。

有一次，我在茶餐廳，見到一個乾淨禮貌的老婆婆，只吃了一份三明治，卻叫旁邊的人把吃剩的叉燒飯「打包」，送給她作為晚餐，我為婆婆埋單，問她：「你這樣下去，會不會好擔心？」婆婆微笑搖頭：「只要香港一天有善心人，我都不會擔心！」真的一言驚醒夢中人：我們小時候，那些有錢人都窮過，他們覺得心腸不好，是極大的羞恥，而「炫富」更是一種道德的罪過，於是，派飯、送米、捐衣服、派獎學金、收留內地逃難過來的親友、免費為鄰居帶孩子，種種的互相關懷，是很普遍，它讓香港人渡過上世紀六十年代的難關；可是，今天有任何問題，人們卻不選擇由「人與人」之間做起，而是第一時間要求「政府」、「制度」和「組織」去協助解決，這豈不是浪費「人」所能發揮的偉大力量。

在此，呼籲香港「復古」，由今天起，從自身做起：老闆對員工慷慨一點、地產商更有良心、企業家應有膽識，投資「新經

濟」、專業人士不要只為私利，要讓更多服務對象受惠、有錢人則多做善事，不過，看，我又被罵了，「黐線」！但是，如果香港人還是心術不正，甚麼的解決方案，還不是利益妥協的假象。一切要由「心」出發，社會才真正康復！

香港低調影帝任達華

香港出產了許多成績斐然的電影影帝，在演技方面，我一直佩服的，是任達華。

周潤發當然演技出色，但是，在一些極為商業、沒有挑戰的電影中，他的演出，帶點「應付」的隨便。

劉德華是執着的，對鏡頭如何拍攝自己，好像相對堅持，有人說他的演技和造型是互連的。不過，近年他在鏡頭前面，放鬆了許多。

梁家輝的演技，充滿震撼力，但有些電影裏面，演出太話劇化，會過了火位。

黃秋生非常出色，不過，未知是否情緒波動，在某些電影很是凌厲，在某些電影，秋生缺火。

梁朝偉曾經超級完美。杜琪峯導演説過：「梁朝偉是最聰明的演員，導演的要求，三言兩語，他便做到。」莊文強導演也讚：「這位影帝很厲害，從 A 點到 B 點要多少步，對白在這數步中，如何分配，他早已智珠在握。」近年，不知道為甚麼，觀眾的感覺是梁朝偉累了，無論怎樣演，好像缺乏了一份動力。

古天樂是新晉影帝，演技一部比一部「博命」，「最勤力去演」的大獎，非他莫屬，不過，古天樂的眼神鋒鋭，有些角色，其實不適合他。

至於郭富城、劉青雲、張家輝、林家棟等，未知是否外形所限，他們的亮麗演出，往往局限於某部電影。

　　任達華的演技，是所有影帝當中，最自然、生活化，不經不覺間在觀眾腦海潛移默化，充滿說服力；特別是他的「聲音演技」，絕對勝過其他對手，他不會刻意營造某種腔調。許多男演員，希望觀眾留下美好印象，把腔調修飾美化，但是，有些角色，例如「爛鬼」，便需要一把「爛聲」，他們說話，不會經常停留在男人性感的「ti」、「do」這兩個音階，而且還「放電」呢！

　　任達華的優點，便是「演嗰樣，似嗰樣」，他讓自己只是白紙一張，由角色去操控演員，不介意蒼老、憔悴（像今次的電影《小Q》）、不介意演「he he」（如《家變》的洛華）、不介意演殺死妻女的「家暴男」（如《天水圍的夜與霧》）、不介意演「鴨子」（如唐基明執導的《雞鴨戀》）、不介意演賊王（如《驚天大賊王》的「張子豪」）、不介意演變態漢（《羔羊醫生》的姦殺手）。任達華是眾多影帝當中，最不「揀飲擇食」的，他的電視和電影產量，應該百多部以上：他從三級男星，捱出頭來，獲獎無數，變成金像影帝，原本可以用價錢去挑選工作的，但是，朋友告訴我，任達華熱愛電影，有些電影沒有預算，只要有意義的，他用「義工」的片酬，接拍下來。

　　任達華接拍許多不正派，甚至邪惡的角色，委實和他的真實背景不相襯：他出身警察世家，爸爸任錦球是高級警目，可惜在1969年因工被殺，兄長任達榮曾是警務處副處長。任達華本身也是業餘藝術家（上世紀七十年代加入無綫電視之前，他在明愛白英奇專業學校修讀旅遊課程，更是兼職模特兒），在白英奇從油

麻地搬去紅磡，還沒有設校舍在將軍澳的日子，我為他們學校講課，故此，學校有活動，會邀請我參加，我喜歡他們的畢業生時裝展，具創意、又活潑，我往往碰見 Simon，他對母校，是念舊的。

Simon（我叫任達華做「Simon」）喜愛攝影，是藝術家，他舉辦過攝影展，叫《五季》，為甚麼叫「五季」？他說：「主題是棄掉了的花，花，本來只有四季：春、夏、秋、冬。但是，人生可以重來，花也可以重生，故此是五季。」他送了我一本簽名的藝術攝影集，珍存至今，它叫《香港。別的風景》，他說：「我愛香港，故此，這些攝影，是給香港的情書，例如鰂魚涌迷彩的海山樓、旺角不安的黑夜、颱風下的南山邨……」他的照片構圖，特別動人。

和 Simon 的碰面，是早於八十年代，我當時一面唸書，一面在無綫電視台兼職編劇，Simon 好像在拍一個劇《有樓收租》，外景隊有數次從廣播道去般咸道附近取景，於是，順道接載我去香港大學上課，Simon 那時已是無綫電視最富時代氣息的陽光小夥子，他在麵包車上，純樸有禮，問我大學生的生活是怎樣的。那年代，他本應可以和周潤發般大紅的，誰知道當時香港非常保守，因為 Simon 在轟動的電視劇《家變》中，飾演一個愛上男孩子的角色，社會不能接受，演畢後，常常遭受揶揄，真的為他不值。

過後的數十年，Simon 的演藝事業是一番掙扎後，才踏上成功的一步，因為他不走偶像派路線，演的角色都是暗明圓缺、嘎雜子、騎呢怪，甚麼類型都有。不過，所有電影中，他堅持的一點便是不交「行貨」，大家看得出，他演的每個角色，都用心去塑造。有一次，我貪玩，去看《文雀》的拍攝，記憶中，他騎着單車，路過蘇杭街，Simon 要求高，覺得自己不夠自然，於是拍

完又拍，我都沒有耐性，跑掉了。如果問我，當電影演員最難受是甚麼，那便是「等候」，等候化妝、服裝、鏡頭……還要等天氣。張曼玉曾經說過：「年紀大了，覺得光陰寶貴，演員卻花大量時間在等候。」

有一次，問 Simon：「你會不會演話劇？」他說：「目前不會，因為我沒有這種『裝備』，演話劇和演電影是截然不同的兩套系統，加上電影愈生活化愈好，話劇要講究現場的感染力。」我好奇：「現代的話劇，講究自然，你把自然的表達方法加入劇場，不是新意嗎？」Simon 答：「哈，沒有把握，例如舞台的眼神和電影的眼神，是兩碼子事情，要重新學習。」你看，Simon 對演戲一事，多麼嚴格。

另一次，奧斯卡金像獎監製 Andrew Hevia 要找一個中國演員，英語流利、演技有時代感，他看上了任達華，說他在電影的演技，叫人讚賞，於是經我介紹，他們接上了，問他們對 Simon 的感覺，回應是：「Fantastic！Truly professional！」

任達華的電影，每套我都不想錯過，因為他每一部電影的演技流暢、細膩、引起共鳴，看似沒有甚麼，但是一個活生生的故事人物，給他演活，放在眼前。如果欣賞任達華的演技，近年有三部電影，不能不看：《雛妓》（《SARA》）、《樓下的房客》（《The Tenants Downstairs》）和上映中的《小 Q》（《Little Q》）。

2015 年的《雛妓》是一部愛情倫理片，任達華飾演一個外表道貌岸然的教育官員，卻被一個雛妓吸引着，他背負家庭和社會的壓力，雖然內心無比矛盾和混亂，但是他依然不倫下去。絲絲入扣，是觀眾對任達華的印象。

《樓下的房客》是改編自九把刀的小説，在 2016 年上映，任達華飾演一個沉溺偷窺房客的房東，他性格扭曲、心理變態，這個角色經常在正常外表和恐怖內心之間切換，任達華駕馭得出神入化。

　　最近的電影《小 Q》，導演是在片場浸淫了數十年的羅永昌，他剪接出色，導演技巧比較保守。所以《小 Q》的節奏非常明快，推展故事的高低位把握得很好。故事非常簡單：任達華飾演一位日漸失明的甜品大師，經志願團體的安排，分配了一隻聰明可愛的導盲犬小 Q 給他，兩者過着患難與共的生活。電影給 Simon 機會大顯身手，他把演技層次分開五個部份：最初，不接受自己失明，是一份狂躁和恐懼；跟着是把小 Q 帶了回家，既不安又好奇；然後，是他接受了小 Q，表現得安詳和快樂；接着，要和小 Q 分開，非常傷心和掛念；最後，再遇小 Q，小 Q 卻……他無奈但又感恩。

　　演技名師 William Esper 曾説過：「精湛演技是絲毫不會察覺的」。這句話適用於任達華身上，絕對不過譽。例如電影中，別人説小 Q 生病，任達華飾演的寶庭未能接受，他會先生氣，然後望着遠方思索，再自信地否認，演繹出細膩層次；又例如他坐在車上，要和小 Q 分離，他倉皇地貼近窗邊，既緊張又失落地朝向小狗的吠聲，還有吞口水的細節呢。

　　男的，任達華是我的演技首選；女的，便是張曼玉，他倆很少在電影合作過，多麼可惜；我在想：如果他們在三十多歲的時候，能夠合演一部情慾男女的《慾望號街車》（《A Streetcar Named Desire》），可能比張國榮和梅艷芳在《胭脂扣》的演出，更為激盪！

《三夫》和象徵主義

　　香港電影導演當中，有三位的藝術成就擁有國際地位：王家衛、杜琪峯和陳果（Fruit Chan），陳果的電影作品，多次被提名及獲得許多國際大獎。

　　十多年前，杜琪峯和我共事藝術發展局，並倡立培養電影新人的「鮮浪潮」，杜 Sir 找了陳果做其中一位導師，反應極佳。學員説：「他用心指導，晚上都會見我們，還請我們吃飯。」陳果是一位對香港電影有承擔的創作人。

　　編劇林紀陶是我在電影發展局的同事，他發表的意見有內涵，「香港人，拍好香港電影」是他強調的，故此，他不會甘於寫一部止於大膽色情的電影故事。

　　陳果的電影，表面是基層人物、凡夫俗子以至妓女的生活，內裏是充滿暗喻信息。如果一個導演只是和觀眾訴説哲學，一是觀眾睡着，二是招來攻擊。隱喻電影的好處是把具體的事情變成抽象的故事，深奧的觀點隱藏在淺顯的道理中，一切可以從藝術或政治的意識形態，轉成人們易於理解的電影情節和影像。於是，導演和編劇的心底話，變得更生動和生活化，令觀眾離場後，留下深刻的回憶。電影《三夫》（《Three Husbands》）散場後，油麻地大佬會説：「一個妓女、三個賤丈夫，拍得好笑好爽！」文化研究的老師會説：「在甚麼都要政治正確的今天，仍然有藝

術工作者，願意碰這些創作紅線，值得尊敬！」看，這就是雅俗共賞的成就。

《三夫》述說的故事，是一個弱智、豐滿的年輕女子，叫做「小妹」（女主角曾美慧孜，是貴陽人，中國傳媒大學畢業，為了這部電影而增肥，她在戲中的演技，令人驚嘆），她被年邁的父親強姦了，誕下小可愛，可是父親把她賣給香港仔避風塘的一個嗜賭的老艇戶，但這傢伙安排她在艇上賣淫賺取賭本，卻遇上了碼頭工人，這傻小子叫「四眼仔」，他嫖妓動了真情，用七萬元為小妹贖身，讓她「登陸上岸」，帶着嬰孩擠住在殘舊的公屋。這時，他們察覺小妹患有一種怪病，稱為「低端性癮」，她要不斷造愛，才可以心身平靜。於是父親、前夫、四眼仔計上心頭，把小妹送回艇上，把她載去大澳等不同地方賣淫，最後，被一群良家婦女追趕，四人在海上慌忙而逃。他們望着通往內地的港珠澳大橋，在問：「我們身在哪裏？往哪裏去？下一步，向左？向右？」另一邊廂，電影重複着四眼仔的嫲嫲，面對「家不再家」，在旺角行人專用區，感觸地唱：「一葉輕舟去，人隔萬重山……何日再歸還，哀我何孤單。」

表面上，這是一部關於妓女的色情荒誕電影，但是，它的細節，處處充滿精心寓意，它悲嘆香港的現況、無望的人生，不倫的舉動，一切看似滑稽，其實是代表着可怕的迷失……細心的觀眾，可以分析劇情，就算一句對白、一個處境，同路人已經不言而喻，心領神會，就如電影分開的三章：《海》、《陸》、《空》，又或電影突然由彩色變成黑白，皆有所指。所以，《三夫》提供雙重趣味，一方面觀賞它的表面故事，另一方面意會它的深層喻

意。至於電影的真正意義是甚麼，真的不應該隨便解說，因為任何的說法，只是一種猜度，對電影不公平之外，還可能為創作人帶來傷害。再者，中國文學的「比」（即用「比喻」方法描繪事情，例如電影內的漁網，代表着甚麼？）和「興」（即借 A 事情來引起 B 事物的聯想，例如電影內的煙花，到底是描述主角的何種心情？），它們好玩之處，便是曖昧不明，如果處處要道破，是煮鶴焚琴。

當醫生的，不能怕血；當藝術家，不懼怕表達。表達的自由在於兩類，有些喜歡直接、有些喜歡間接，西方常用的手法，叫做「象徵主義」（symbolism），偉大的故事，常常有「象徵」成份，這樣，故事才變得有趣和吸引。再以《三夫》為例：

（1）simile（明喻），例如小妹感到惶恐不安，恍似身旁的木瓜被挖爛。

（2）metaphor（隱喻），例如電影中的小艇，代表在風大浪大的窘境中，卻無家可歸的隱喻。

（3）allegory（寓意），即是表面的劇情，其實代表着另一深遠的故事，整個《三夫》，便是寓意着某些人的命運。片中說：有一條「半人半魚」的生物，叫盧亭魚人，在遠古時代，這「一物兩身」的怪物游了來大嶼山，到底牠能否生存下去呢？

《三夫》這部電影：情慾部份，拍得血淋淋，例如鰻魚放進私處，叫人驚心動魄，「麻甩」輩，一定看到血脈沸騰；但是感官以外，整個電影非常不錯，它流暢、達練、明快；演員們不見經傳，卻演技出色，不着痕跡，感染力強。

衛道之士，看到片中在畢打街的貨車上公然造愛的鏡頭，必

然叱罵，但是，我們應否包容接受這些大膽鏡頭？如果用街坊的標準，便會指指點點「身體的那些敏感部份不該展露出來」？但是，如果用法律的標準，是否犯法，便會問到底這些色情東西，整體來看，包含多少「文學、藝術、政治或科學的價值」（literary, artistic, political or scientific value）？對藝術家來說，則所有裸露都不是淫穢，但如以粗糙和低劣的表達方式，才是淫穢，表達得有思想和藝術感的色情，從來不當「淫穢」。

著名小說《A Portrait of the Artist as a Young Man》提及「proper art」（正經藝術）和「improper art」（不正經藝術），正經藝術是靜態的，不會挑起你任何衝動或行動，如是這樣，怪不得《三夫》電影的主角都不好看，都是一群平凡人，沒有樣子和身材，可能是創作者怕觀眾有邪念——那真是種瓜得瓜，看完《三夫》電影的觀眾，如果還有半點邪念，那麼他一定非常飢渴。

聽說今年的中學文憑試，中文卷要考魯迅作品《聰明人和傻子和奴才》的寓意，三者代表甚麼？破屋子是否隱喻當時動盪不安的社會等，這件事情是好的；以往大家交往，尚存一點英國紳士風度，或儒者的禮儀，可是近十年來，香港人變得粗魯和缺品，凡事橫衝直撞，說話粗聲粗氣，對着半點不滿，破口直罵，血肉橫飛。如果多些人在日常生活中，多用「比」和「興」，多用symbolism，那麼，人和人之間的隱晦變成一種禮貌，會令社會變得更有文化和包容。

張建聲：明星的蛻變

　　放心，「張建聲」不是我們胖胖的政務司長「張建宗」的弟弟，樣子不一樣。前者是「顏值」高的小生。

　　朋友說：「不看『港產片』了，一堆中年演員互相拼湊，今天是張家輝搭梁家輝；明天是郭富城和梁朝偉。」告訴你，演員和導演其實都不想重複又重複：重複的面孔、重複的槍戰。可是沒有這些東西，根本找不到投資者，因為「不知名演員、非警匪電影」休想離開香港半步，可以「賣埠」。

　　長此下去，香港電影變了上館子吃飯時，餐前的一碟花生或泡菜：有些人沒有理會、有些人循例咬幾口、有些人叫夥計打回頭。

　　希望大家買票，支持一下破格的新電影，叫《作家的謊言》（《Deception of the Novelist》），它沒有大明星、沒有大導演、沒有大膽鏡頭、故事內容也過不了內地的審查，故此，只有香港市場；不過，製作認真、節奏緊湊，更出了一粒「彩蛋」，他是身兼電影監製的年輕好演員：三十多歲的張建聲。整部電影充滿誠意，在有限的 bankroll 下，務求「執」到最好。作為觀眾，就算電影未必好看，但是，必須讓觀眾感受到那份誠意，「被尊重」是觀眾的最基本要求；就如你給我端上一碗湯麵，起碼不可以水裏浮了隻「小強」。

　　一直有留意網絡作家「向西村上春樹」改編的電影，大概六

年前吧，第一部叫《一路向西》（講一群港男北上尋春）；第二部叫《西謊極落》（講幾個失意男人的故事）；今次《作家的謊言》是向西的電影第三部曲。

　　一個富貴的作家（現有還有「富貴」的作家？）和太太及兒子住在豪宅大廈，他樓上的另一單位，租給了一個風塵女子，可惜被美色誘惑，他和她搭上了，這女子不斷騷擾他和家人（戲橋像著名電影《孽緣》〔《Fatal Attraction》〕），最後，偷吃的下場便是命案，不過，原來案中有案，到底誰是兇手？

　　香港的網絡小說家，很多都有三個特點：文筆不怎樣、常帶點粗糙、文字非常「港味」，不懂港話的，可能看不懂；內容及趣味，非常「毒男」，因為常上網的人，根本生活在另一世界；此外，橋段太多枝節，可能網絡文章要每天上載，於是每天的故事都要下「鈎」（hook），吸引網友。

　　和香港誠品書店的朋友聊天，她說在書店舉辦講座，吸引觀眾的，都是一些網上「KOL」。今天，我們生活在一個「微市場」，誰在網上有一萬數千的追隨，誰便擁有一個「微天下」。最近，大家都奇怪：「怎麼香港年輕人分開一個個『小山頭』，誰是領袖？有事跟誰談？」問的人已「離地」，其實他們不知道社會由於多元的發展，已經分為一堆堆的細小組群（micro cluster），各有所好，「高登網」也要「分拆」，變了「連登」。

　　把網絡小說改編成電影，好處是起碼有數萬幾千的「鐵粉」入場觀看，對於電影市場艱難的今天，是楊枝甘露；壞處是許多這些小說的結構和情節，太過鬆散繁雜，未必適合電影。

　　今天看「港產片」，對劇本沒有期望，所以沒有失望，如果

要對《作家的謊言》挑剔，便是不合情理的地方太多。港產片的劇本，最大死因是編劇不嚴謹，有些是能力的問題，有些是態度的問題；另外一種原因是追求的層次不夠高，總之弄點似是而非的小聰明，熱熱鬧鬧地把一個半小時混過去，但是，主旨是甚麼？表達的又是甚麼？所以，《作家的謊言》除了劇本未算合格外，其他方面如導演、演員、攝影等，委實不錯，完全是有要求、有水平的。「香港人要支持香港電影」，大家去看看吧。

至於張建聲，1983年出生，高度是178厘米，英文名字是Justin，聖公會梁季彜中學畢業後，當上模特兒，後來轉為全職演員，他樣子有點像日本紅樂隊SMAP的歌手香取慎吾和演員譚耀文，演技風格是介乎萬梓良和林家棟之間，擔當輕狂的角色，最為突出，有人暱稱他為「少年萬梓良」。

他2010年入行拍電影，2012年，終於當了男主角，電影頗賣座，叫《一路向西》，故事來自網站，張建聲演一個純良戇直的香港仔，在霸氣「港女」的迫壓下，放棄愛情，出走墮落，北上尋歡，得到解脫。張建聲沒有進過學院修讀演技，他的演技是自然派，靠生活體驗。最近，他的知名度驟升，因為拍了一部內地的網劇《反黑》，播映以來點擊直逼17億，張建聲演黑社會人物叫「招積」，他參考電影蝙蝠俠裏面的一個反派人物Joker（小丑），演活了一個超級壞蛋。張建聲說過，他聽過一句話叫「What is art，art is life」（甚麼是藝術，藝術便是生命），對他鼓勵很大，他要通過生命，了解藝術。他說：「我曾經沒有鬥志、沒有方向，錢也花光。我日日躲在家裏看電影，看到別人演得好的地方，我便記着，然後對着鏡子苦練，在街上走，我會觀察別人，作為參考，

做演員，其實要做好多功課。」

　　張建聲是認真的演員，為了拍好電影，演一個肥胖的角色，曾經增肥 60 磅（那樣子，倒像我們的政務司張建宗了！），也曾經因為脫離不了角色，要看精神科醫生拿藥吃。他的狂，是一個專業演員的狂，一個發奮上進青年的狂。我看過許多在職場的年輕人，那些不知方向，渾渾噩噩的，最難教導，反而那些輕狂的尋夢青年，只要人生經過不快而受到磨煉，便會恰到好處，成為一個有智慧和成就的人。

　　張建聲的爸爸在 2015 年去世，他陪伴爸爸，承諾過：「爸爸，我會努力，有一天會拿到金像獎！」他還説：「現在，我只想追求演技、追求內涵，希望把它們套入電影角色裏。」

　　做演員的，昨天比今天容易，因為以前的香港演藝事業發達，演員多機會學習和嘗試。在今天電影買少見少的情況下，電影演員的演出機會，可能幾年才有一次，如果年輕演員可以演技出色，其實他的潛質，應該比以往的演員還要佳。

　　電影演員的演技凋零不濟，有五大原因：許多誇張失實，像演舞台和電視劇；第二類是志不在此、心不在焉，每一句對白，每一個表情，完全靠導演帶領，許多電影的「整容嬌娃」便是這樣；第三類是演來演去，總帶有演員自己的影子，當然有人説這是個人特色，但是，演員應該像一張白紙，在那部電影，應該給觀眾一個全新的感覺，恍似一個再生人，金像獎影帝 Tom Hanks 便辦得到了；第四類是無論臉部表情多麼豐富，但是「聲音演技」（vocal acting）總是不濟，香港一線男演員在這方面的問題，尤其嚴重，可能以為壓低聲音便沉鬱動人，結果失意的賭徒、鬧事的酒鬼，

為甚麼角色出來的聲音，全都性感有型；最後便是不理對手，一有機會，便想在鏡頭下，蓋過別人的戲份，結果，導致整齣戲，大家的演出都不協調。黃秋生在得獎電影《淪落人》便絕對有好的示範作用，你看到他除了自己演得好，其實他一直協助其他演員，讓對方也可以發揮演技。

　　張建聲靠人生體會，去演好一個角色，演員的初階考試，他已經甲級畢業。但是，下一步，他必須學習正規的演員訓練，接觸學院的「方法演技」，然後加上自己的融會貫通，才會更上一層樓。是時候，他可能要找找我非常欣賞的藝術家甄詠蓓老師，學習學習，一定會有更大的啟發！目前，張建聲絕對是一塊可以雕琢的新玉。

《過春天》內地電影香港化

是時候香港要認真地為未來的電影市場定位。

眾說紛紜。

有人說：「香港人做好香港市場吧，想超離香港，太天真了。」有人說：「香港是國家的一部份，香港人投身內地，拍『全國』電影，有何不可？而香港作為一個城市的電影消失，亦要接受。」又有人說：「港產片和大灣區都講廣東話，應融為一體，形成『大灣區電影市場』，以後拍大灣區電影好了。」更有人說：「香港是國際城市，自由地方，可否集中做『中外合作』的電影？這些電影反而有機會行銷海外。」最後有人說：「鼓勵內地電影在香港攝製吧，我們已經失去主導地位，好歹也可以協助內地電影製作；匈牙利也是為別國製作電影，才令相關工業生存下來。」

哪個才是答案呢？我覺得：如果港產片拍得好、有水準、有觀眾，甚麼都有可能，如果港產片不濟，半條生路都沒有。

在我們熱烈討論的時候，內地電影商已經默默地起革命。萬達傳媒剛剛起步，「格殺勿論」，拍了一部非常好看的「港片」，全片主要講廣東話，極像港產片，它叫《過春天》（《The Crossing》）。

影片講述「單非」（即爸爸在香港，媽媽在深圳的孩子）的16歲高中女學生佩佩（內地女演員黃堯，畢業於中央戲劇學院），

每天坐火車遊走於深圳和香港兩地上學，過着複雜矛盾的生活：媽媽（內地演員倪虹潔）是深圳人，靠男人生活，每天沉醉於麻將桌，對佩佩無暇照顧，爸爸（香港演員廖啟智）其實在香港另有家室，本身是一個底層體力工人，對佩佩的愛是有心無力，充滿內疚。

佩佩的好同學頌兒（香港演員湯加文）介紹了她認識自己的男朋友阿豪（從香港移民台灣的演員孫陽），阿豪在廟街混混，靠走私水貨生活，佩佩卻對他愛慕，於是利用學生的身份，及來往深港上學的方便，參與走私手機的非法活動，而且，愈來愈大膽，賺到的錢也愈來愈多。佩佩的夢想非常物質，渴望去日本浸溫泉、喝清酒、感受雪景，就在這時候，阿豪叫她一起背叛集團頭目花姐（香港演員江美儀），可是給花姐發現了，到底這對無知的少年男女能否逃過大難？

《過春天》好看，不單止是因為上述演員盡心竭力，演好角色，還加上其他的崗位亦非常出色，可惜幕後的主打，只有美術指導張兆康是香港人，其他都是內地電影人，包括著名監製田壯壯、編劇林美如、孫妍、趙丹娜、副導演尚進、音效指導馮彥銘、攝影朴松日。當然最鋒芒的是內地新人導演白雪；她是科班畢業的北電導演系學生，從小在深圳長大，她說：「畢業後，我用了十年時間去感受生活，基於現實找到了『深港跨境學童』這樣一個非說不可的故事，是多年生活積澱的結果，《過春天》成了一件水到渠成的事情。」

影片在故事、演技、風格、攝影、剪輯、音樂、造型等方面，成績可觀，但是都非常「香港」。做統領的導演白雪功不可沒，

影評人給出超高的評價，而且《過春天》入圍不同地方的電影展，更獲得最佳影片、最佳女演員、最佳新導演等榮譽。

也許導演白雪是深圳人，很了解香港，電影許多地方，真的又和港產片無異，她披沙揀金，把港產片的精華，例如描述香港社會黑暗的味道，活生生地呈現眼前。我喜歡港產片，除了我是香港人，更加因為香港有些「另類」美麗，是其他的地方所沒有，例如車水馬龍的道路夜景、繁雜的大牌檔和街市、密不透風的公共屋邨……誰料到堅固的港產片城門，終於有內地電影人可以攻破，而且拍出港產片的千秋。怪不得在電影最後，女主角說了一句，大意是「我們終於身在香港了」！

不過，影片仍然可以看穿一些「內地片」的標準，例如道德方面，戀人會碰碰，但是「超友誼」的肉體鏡頭欠奉、壞人對弱者沒有使用暴力、公安最終會把違法者緝拿，更最重要的是片末打出正氣字句「深港的水貨活動，已經受到控制」。

還要稱讚影片的兩首歌曲，非常悅耳，主題曲《過春天》，像一首少女情懷的新詩。看看班底也是國內：作曲和作詞是賀斌、演唱是譚維維。《少女年華》作曲是馬敬、演唱這首廣東歌的歌手是內地人，叫劉惜君，畢業於廣州的星海音樂學院。

《過春天》如果只是「一件半件」電影出品，那不是問題，假若內地拍出「港片」，成了「新常規」，則香港電影人，不論新人或舊人，要慎重地反思，我們如何生存和競爭下去。既然大家是同一個國家，總不能叫內地電影不進步，給自己空間。香港人可以拍內地片，難道內地人不可以拍廣東話的「港片」嗎？不過，內地人口十三億，人才鼎盛，大家鬥實力，我們又可以怎樣

勝過對方呢？最近，常常聽到聲音叫年輕人往內地發展，但香港人口只有七百萬，人才本來已經不夠，而老化問題更日趨嚴重，叫年輕人去內地創業還好，怎可以鼓勵他們離開香港去打工？如果精英都奔向內地打工，又找誰來留守香港的發展呢？

為甚麼影片叫做《過春天》呢？可能是一個忌諱，因為當走私販子過了海關後，會發出一句暗號，叫做「過青天」（是否「雨過青天」的意思？），但是這畢竟是壞分子的用詞，內地不宜鼓勵，於是為了種種原因和理由，電影名字變了《過春天》。問題又來了，如果內地的「港」片，無論技術多好，但是在意識形態方面，都不是香港人所接受的，又如何是好？

有人要求內地電影放寬尺度，提高自由度，可是，回心一想，如果內地如香港一樣，大鳴大放，創作海闊天空，那麼，香港的電影是否消失得更快，更無影無蹤。不過，今次弔詭的地方是這套「港片」雖然拍得好，可是在內地毫不賣座，也沒有市場，那又反映甚麼？難道「港片」在內地，已經完全失去了吸引力？

內地在方方面面都一天比一天進步，香港只依然故我，期待水漲船高，可以坐享其成，這樣心態在未來又行得通嗎？所以，先不要談如何去進攻內地市場，要自我檢討，強壯香港的身體吧！

《人間失格：太宰治和他的女人》： 為何看悲情電影

　　香港社會今年發生一件大事情，我活了數十年都未遇過，超級噩夢？

　　情緒低潮的時候，心靈的礁石突露，給圍繞的浪水撞擊——淚做的。

　　不快樂的時候，可以怎樣？有些人把「開心」塞入腦袋，由它發芽，正能量吃掉負能量。另一方法，如王菲說過類似：「當一個人失落到低谷，自然反彈。」因為負負可以得正。我常用這個門兒，打開失落的心扉，例如看些悲傷電影，戲中主角不快樂，我們如找到同道人，天涯不再孤單，原來有人比自己更悲傷，還忙不迭鳴炮，香人已老，都立刻活過來。

　　韓國有一本大紅的兒童圖畫繪本，叫《被欺負時，可以打回去嗎？》，不快樂時，可以把「不快樂」打回去嗎？當然可以，和我一樣，看一部「不快樂」的電影，以毒攻毒，在戲院，要哭得比孟姜女更兇。

　　有三種「不快樂」的電影，非常邪氣，才不敢看：極為暴力的電影，例如 1993 年黃秋生的名作《八仙飯店之人肉叉燒包》，澳門的命案改編，變態夥計把店東一家殺死，還作叉燒包賣。第二種是鬼片，例如李心潔獲獎的電影《見鬼》，講一個自幼失明

的可憐女子，接受了眼角膜移植手術後，不斷見鬼。最後一種是倫常慘劇，2017 年的電影《藍天白雲》便是了，一個中學女生串同朋友，殺死視為「頭號仇人」的雙親。

最近，有一部不可不看的「不快樂」電影，叫《人間失格：太宰治和他的女人》（《No Longer Human》），導演是著名才女蜷川實花，她的電影如夢似畫，特色是華麗美學，例如死亡，也要躺在純白雪地，然後落花滿天。明星是大陣容的：曾為導演的型男演員小栗旬、17 歲被母親騙去拍裸照的影后宮澤理惠、《一公升的眼淚》的著名女優澤尻英龍華。故事是關於日本上世紀四十年代著名文豪太宰治（Dazai Osamu）的荒唐生活、放蕩愛情，他的名句是「我這一生，盡是可恥的事情」。他在厭世自盡之前，做盡壞事：欺凌賢淑的妻子美知子、拋棄借他成名的情婦靜子、教唆無知少女富榮一起跳河自殺，死時，他只有 38 歲。最辛苦是演員小栗旬，因為角色是色、慾、情的交戰，充滿矛盾、邪惡，很難演得好。小栗旬投入太宰治這個國家級「無賴文豪」的內心世界，承受了巨大精神壓力，幸好這個貌似黎諾懿的一流演員，精湛演技，帶領全場，每一幕，好看得叫觀眾屏息以待。

小栗旬來自演藝世家，父親是舞台劇導演，哥哥也是演員，故此，大約 10 歲，他已演戲。1998 年，你看過他的受歡迎電視劇《GTO 麻辣教師》嗎？沒有，那為何面善呢？因為他演過日本的《流星花園》（又叫《花樣男子》），在亞洲爆紅。

太宰治生於 1909 年，17 歲已寫作，崇尚「左翼運動」，受到無產階級文學的影響。1930 年，入了東京帝國大學，但是怠惰學業，最後被革除學籍，唸書的時候，太宰治放縱任性，煙、酒、

酒家女是他生活的三樣必需品。同年，太宰治和咖啡店侍女投河殉情，女的是有夫之婦，但是，她不幸死去，太卻獲救，因而被控「協助自殺罪」，後來獲判無罪，他以這個素材，寫了《小丑之花》。

往後的日子，太宰治的生活，脫離不了女人、酗酒、尋歡和自殺，而且，每次自殺都和身邊的女人有關，因為對太宰治來說，活着是一連串的折磨，特別是他最後幾年，得了肺結核，時常吐血。雖然家有賢妻，還有三個小孩子，在 1948 年，太宰治和年輕女讀者富榮投河殉情，一星期後，被人發現，兩個的遺體有繩子牽繫，太宰治的遺容平靜，像找到了安息。青森縣的太宰治紀念館，成為日本的重要文化財產。

太宰治是日本上世紀三、四十年代「無賴派」（日本在那年代，人心徬徨，於是出現了一批反權威、反隨俗、反道德的作家）的表表者，金句特別多，最出名的一句是「我知道有人是愛我的，但我好像缺乏愛人的能力」；他對自己的想法是「我只是一隻孤獨的鳥」；對於生活，他是這樣說：「天天重複進行着同樣的事，遵循着與昨日相同的慣例，若能避開猛烈的狂喜，自然不會有悲痛來襲。」對於幸福，他退避三舍：「膽小鬼連幸福都會懼怕，碰到棉花都會受傷，有時更會被幸福所傷。趁着還沒有受傷，我想就這樣趕快分道揚鑣。」

太宰治在死前，發表了一本自傳小說，名字便是《人間失格》，日文意思是「喪失做人的資格」，他用細膩、坦誠的筆觸，告白了一段可怕的過往。

不過，《人間失格：太宰治和他的女人》太重口味了，輕微

不快的，才能看。如果你打算採用「不快樂」趕走「不快樂」這另類療程，建議你看其他五部電影，它們傷心之外，還有信息。不過，先警告一下：如沒有感受到悲傷過後的正能量，便不要追看。

《女人香》（《Scent of a Woman》）是一部 1992 年的美國電影，敍述一名學生，應徵了一份古怪的兼職，要陪伴脾氣暴躁的失明退休軍官去紐約盡情享樂。這一老一少在紐約發生許多事情，加深了軍官對生命的認識，他本來對人生絕望，打算在紐約自盡，結果，得到正面的啟發，取消了念頭。軍官由阿爾柏仙奴（Al Pacino）飾演，還拿了奧斯卡最佳男主角的獎項，影片不太悲傷，可作「頭盤」。

第二部是導演今村昌平的著名電影《楢山節考》（《The Ballad of Narayama》）：日本古代的信州，有一條貧窮的村落，糧食短缺，為了把食物留給下一代，老人到了約 70 歲，便要被子女背上冰雪深山，供奉山神，其實等死。女主角玲婆對於這命運毫不介意，她反而緊張在走之前，如何活得更有意思，把家庭事情打點好，走得安心。這部 1983 年的電影，引起大家關注老人問題。

第三部是最近的，2018 年大賣的台灣電影《比悲傷更悲傷的故事》（《More Than Blue》），由劉以豪、陳意涵主演，它翻拍 2009 年轟動南韓的電影《最悲傷的故事》：故事講兩個不同家庭的男女孤兒，從 16 歲便同居守望，似是兄妹，卻有一份心底裏的愛意，男主角罹患了絕症，他不想「妹妹」被這段關係拖下去，為她找了一個英俊牙醫男友，還安排他們結婚，而自己卻犧牲，在人間消失……

第四部是荷里活經典電影《愛情故事》（《Love Story》），拍於上世紀七十年代，主題曲《Love Story》還唱到今天：哈佛大學的富家子弟愛上窮少女，他不理勢利家人的反對，毅然成婚，父親和他斷絕關係，他也要為愛堅持下去，女主角辛苦兼職，讓丈夫完成學業，成為律師，可惜，在他們鬆一口氣的時候，病魔選中了女的，不過，她高興曾經深愛……

最後一部是我們香港在 1993 年的輝煌電影《新不了情》（《C'est la vie, mon chéri》），當時票房三千多萬，由爾冬陞執導，劉青雲、袁詠儀主演，這部電影成就了兩件事情：袁詠儀初試啼聲，就奪走了香港金像獎最佳女主角；而由鮑比達作曲，黃鬱填詞，萬芳主唱的主題曲《新不了情》，紅了差不多三十年，成為華人永垂不朽的歌曲。它和另一首紅了五十年的名曲，1961年黑白電影《不了情》（《Love Without End》）的主題曲，並稱「姊妹金典」，一起傳頌於世。雖然電影故事普通，但是，注入了新鮮手法：阿傑是個失意的爵士樂手，在認識樂天的鄰居女孩阿敏和一班「窮得只有快樂」的廟街街頭藝人之後，改變了做人的態度，可惜阿敏的骨癌復發，她死時，慶幸做了一件好事，把阿傑的負面性格改變了。

世上，如果沒有「不快樂」，則「快樂」失去對比感覺，故此，「快樂」存在理由是因為我們都經歷過「不快樂」；傷感猶如天上的烏雲，無論多重，總有落下來的一天，心靈得到雨潤，自然再開花。朋友，既然海鹽能變成甜蜜好吃的冰淇淋，去看《人間失格：太宰治和他的女人》吧，它用辣椒製造眼淚，當淚乾了，我們沉重的心情便移花接木。

www.cosmosbooks.com.hk

書　　名	佬文青：風流不被雨打去
作　　者	李偉民
責任編輯	王穎嫻
封面設計	Johnny Chan
美術編輯	郭志民
出　　版	天地圖書有限公司
	香港黃竹坑道46號新興工業大廈11樓（總寫字樓）
	電話：2528 3671　傳真：2865 2609
	香港灣仔莊士敦道30號地庫 / 1樓（門市部）
	電話：2865 0708　傳真：2861 1541
印　　刷	亨泰印刷有限公司
	柴灣利眾街27號德景工業大廈10字樓
	電話：2896 3687　傳真：2558 1902
發　　行	香港聯合書刊物流有限公司
	香港新界大埔汀麗路36號中華商務印刷大廈3樓
	電話：2150 2100　傳真：2407 3062
出版日期	2020年7月 / 初版